강한
금강불괴
되다

강한 금강불괴 되다 6

김대산 현대 판타지 소설

초판 1쇄 찍은 날 § 2019년 11월 25일
초판 1쇄 펴낸 날 § 2019년 12월 2일

지은이 § 김대산
펴낸이 § 서경석

총괄팀장 § 노종아
편집책임 § 강민구
디자인 § 소소연

펴낸곳 § 도서출판 청어람
등록번호 § 제387-1999-000006호
등록일자 § 1999. 5. 31
어람번호 § 제1-3064호

주소 § 경기도 부천시 부일로 483번길 40 서경B/D 3F (우) 14640
전화 § 032-656-4452 팩스 § 032-656-4453
http://www.chungeoram.com
E-mail § chungeorambook@daum.net

ISBN 979-11-04-92097-4 04810
ISBN 979-11-04-92031-8 (세트)

MODERN FANTASTIC STORY

강한 금강불괴 되다 6

김대산 현대 판타지 소설

도서출판 청어람

강한 금강불괴 되다

Contents

제7장

황폐

순식간에

풀썩!

털썩!

좌우 양측의 벽 쪽을 지키던 테러범 둘이 갑자기 주저앉는다. 이어 사람들이 의아해할 틈도 없이 창가 쪽의 테러범 또한 바닥으로 무너지고 있다. 그리고 그때쯤에는 먼저 쓰러진 좌우 벽 쪽 테러범들의 머리에서 시뻘건 피가 흘러나와 주변 바닥을 흥건히 적시기 시작한다. 그런데 다시 그때다.

"크!"

이번에는 입구 쪽을 지키던 테러범이 나직한 비명을 뱉으며 또한 풀썩 쓰러진다. 그것과 동시에 JK의 날카로운 외침이 터져 나온다.

"쏴! 전부 다 죽여 버려!"

잇따라 네 명이 쓰러진 원인을 알아내진 못했다. 그러나 공격을 받은 것은 분명하니 당장에 인질들을 향해 무차별 사격을 가하라는 명령이다. JK의 좌우에 있던 두 테러범의 기관단총이 곧장 불을 뿜는다.

타타탕!

타타타타탕!

그러나 그들의 사격은 인질들을 향해서가 아니라 창가 쪽으로 집중된다. 그들의 의지와는 상관없이 기관단총의 총구가 허공으로 치켜들린 때문이다.

와지직!

와장창!

요란한 소리와 함께 대형 유리창들이 산산조각 나며 부서져 내린다. 김강한이 약간의 내공을 가해 손목을 비튼다.

빠드득!

수갑의 연결 부위가 간단히 부서져 나가고, 이어 김강한이 보결을 운용하여 JK와 그 곁의 두 명 테러범에게로 쇄도해 간다. 연이어 십팔수가 펼쳐지고, 각기 명치와 목에 치명적인 일격을 당한 테러범 둘이 단말마의 비명을 토해내며 바닥으로 나뒹군다.

"컥!"

"악!"

그 모든 일련의 과정은 그야말로 순식간에 벌어진 일이다.

그자들과 관련이 있지는 않을까?

김강한이 작정한 바에서 어긋난 것이 하나 있다. 바로 JK다. 애초에 그가 그들 셋에 대해 살수를 가하면서 총기를 가지고 있지 않은 JK를 마지막 순서에 두긴 했다. 그러나 그렇다고 하더라도 그의 십팔수가 가히 번개 같은 연타로 펼쳐졌음에도 JK는 타격의 순간 유연하고도 기묘한 몸놀림으로 그의 공격을 능히 피해내며 훌쩍 뒤로 빠져나간 것이다. 그리고 다음 순간 JK는 곧바로 역공을 취해온다. 놀라운 속도의 연타 공격이다. 김강한이 감히 방심하지 못하고 십팔수로 마주 부딪쳐 나간다.

파파팍!

파파파팍!

두 사람의 권장(拳掌)과 각퇴(脚腿)가 치열하게 격돌한다. 격렬한 공방 중에 JK는 설핏 놀라는 듯하다. 그러나 당황하는 기색은 아니고, 오히려 침착한 중에 김강한의 십팔수를 세밀하게 살피는 모습에서는 일말의 흥미마저 비친다.

흥미가 돋는 것은 김강한 역시 마찬가지다. 그가 십팔수에 대해 익숙해진 이후로 일대일의 상황에서 이처럼 길게 공방을 해본 적이 없다. 그만큼 지금 JK의 박투 실력이 대단하다는 것이다. 다시 한순간 JK의 공격에 폭발적인 힘이 담긴다.

파파팡!

파파파팡!

두 사람의 격돌에서 공기주머니를 치는 듯한 울림이 터져 나온다. 반사적으로 김강한의 내단이 반응한 것인데, 놀라운 것은 JK의 타격에도 내공이 실렸다는 점이다. 더욱이 JK는 조금도 밀리는 모습이 아니다. 비록 김강한이 본격적으로 내단을 운용하지 않았고, 다만 외부의 자극에 대해 그의 내단이 그저 자연적으로 반응한 것에 지나지 않는다고 해도 십팔수를 통해서 발현되는 내공이 결코 무시할 수 없는 수준인데도 말이다.

한편 JK 또한 이제야말로 당황을 감추지 못하는 기색이 되어 있다. 역시 김강한이 자신에 능히 필적할 수준의 내공을 지니고 있다는 사실에 대해서이리라.

파파팡!

파파파팡!

두 사람 간의 치열한 공방은 그야말로 촌각지간에 주고받는 것이라 막상 실제적인 시간은 이제 다만 몇 초 정도가 흐르고 있을 뿐이다. 그러나 김강한은 몰입하고 있는 중이다. 싸움에 몰입한다기보다는 상대에 대해서다. 테러범 JK가 아닌, 그가 처음 경험해 보는 수준의 정통 내공을 지닌 상대. 그리고 '혹시 그자들과 관련이 있지는 않을까?' 하는 추측을 해본다. 바로 요결을 쫓는 자들이다. 그가 소중한 사람들 곁에서 떠나야 했던 가장 큰 이유가 되는 자들, 또한 그럼으로써 그가 다시 소중한 사람들의 곁으로 돌아가기 위해서는 반드시 그 정체와 내력을 밝혀내고 나아가 위협의 근원이 되는 요소들을 제거해야만 하는 대상.

진압 작전 개시

정면으로 질러드는 JK의 정권에 웅혼한 기세가 담긴다. 김강한이 굳이 피하지 않고 역시 정권으로 맞부딪쳐 간다.

쾅!

격돌의 충격파가 묵직하게 주변의 대기를 흔든다. 휘청거리며 뒤로 두 걸음을 물러나는 JK의 얼굴에 이윽고 경악의 기색이 서린다.

"당신… 도대체 정체가 뭔가?"

JK가 뱉는 물음에 대해 김강한이 차분하게 되묻는다.

"혹시 요결을 쫓는 자들과 관계가 있나?"

"요결?"

"천락비결, 천공행결, 그리고 천환묘결에 대해 모르는가?"

JK가 설핏 의아한 기색을 떠올린다. 그러나 그는 곧바로 차가운 얼굴로 돌아간다.

"한국에 당신 같은 내가(內家)의 고수가 있을 줄은 몰랐군!"

그리고 순간 JK의 몸이 용수철처럼 뒤로 튕겨져 나가더니 바닥에 나뒹굴고 있는 기관단총 한 자루를 낚아챈다.

"죽어!"

차가운 외침과 함께,

타타타탕!

연발의 총성이 울린다. 그러나 그 총격은 김강한의 머리 위 천장에다 한 무리의 총탄 자국을 만들었을 뿐이다. 그리고 JK가 자신의 의지와는 전혀 무관하게 기관단총의 총구가 위로 쳐들린 데 대해 경악과 의아함을 동시에 떠올릴 때다.

와장창!

그나마 윤곽이 남아 있던 외벽 쪽의 대형 유리창이 이번에는 바깥에서부터 안쪽을 향해 박살이 난다. 그리고 바깥의 허공으로부터 안으로 치고 들어오는 자들이 있다. 바로 대테러 특임대원들이다. 사실은 좀 전에 김강한이 외단으로 테러범들의 총구를 조정하여 외벽 쪽의 대형 유리창을 박살 낸 것이 옥상에서 대기 중이던 특임대원들과 약속된 진압 작전 개시의 신호였다. 자일에 매달려 레스토랑 안으로 침투하는 특임대원들의 시선이 순간적으로 실내 상황을 훑는다. 그리고 찰나간에 내부의 상황을 판단하고 곧장 자동화기의 방아쇠를 당긴다.

타타타탕!

타타타탕!

격렬한 총성이 울리는 중에 김강한이 다급하게 외친다.

"안 돼!"

그러나 이미 늦었다. 특임대원들의 일제사격에 속절없이 떨림을 일으키던 JK의 몸이 뒤로 넘어가고 있다. 이어 바닥에 널브러지는 JK의 몸은 그야말로 벌집이 되어 수십 가닥의 핏줄기를 쏟아낸다.

그들을 탓할 수는 없다

"조태강 행정관님 맞으시죠? 다친 데는 없으십니까?"

곁으로 다가온 특임대원 하나가 빠르게 묻는다. 망연해 있던 김강한이 짧게 한숨을 토해낸다. 특임대원들을 탓할 수는 없는 노릇이다. 찰나의 순간에 피아를 식별해야 했을 것이고,

당연히 검은색 슈트에 기관단총을 난사하고 있는 JK를 적으로 인식했을 것이다. 그런 다음에야 일말의 주저도 없이 방아쇠를 당기고 볼 수밖에 없었을 것이다.

뒤이어 특임대원들이 속속 진입한다. 그들은 빠르게 JK를 비롯한 테러범 일곱의 사망 여부를 재확인하고 다시 출입문 근처로 집결하여 외부의 상황을 살핀다. 그때쯤 문 바깥에서도 치열한 총격 소리와 요란한 폭음이 난무한다. 그 소리가 여러 군데에서 동시에 들리는 것으로 보아 아마도 에스컬레이터와 비상계단으로 경찰특공대의 일제 공세가 시작되고, 또 다른 외벽 창문들로부터도 특임대원들의 침투가 동시다발적으로 시작된 모양이다. 레스토랑으로 진입한 특임대원들도 인질의 안전을 지킬 셋만 남기고 나머지는 일제히 출입문을 박차며 바깥으로 달려 나간다.

끝이 아니다

"쿨럭!"

막힌 숨을 뚫어내듯 기침을 하며 JK의 몸이 크게 한 번 꿈틀거린다. 죽지 않은 것이다. 김강한이 재빨리 그 옆으로 다가앉는다. 코와 입에서 검붉은색의 피를 흘려내며 거칠게 숨을 뱉는 JK의 모습이 참혹하다. 그러나 김강한은 당장의 궁금증에 마음이 급하다.

"이봐! 당신, 어디서 왔지? 진짜 이름은? 내공은 어떻게 익혔지? 당신 주변에 내공을 익힌 사람이 또 있나?"

마음이 급하니 질문도 떠오르는 대로 뱉어내기에 급급하다. 그런 중에 몇 차례 거칠게 숨을 몰아쉬던 JK가 문득 차분해진다. 그러고는 차가운 느낌의 미소를 입가에 떠올리며 힘겨우나마 아주 느릿하게 입을 연다.

"나는 죽지만… 결코… 끝이 아니다. 내 동지들이… 나보다 훨씬 더 강한… 동지들이… 널… 찾을 거다. 네가 한국 정부의… 요인인 이상, 그리고… 이런 능력자인 이상, 그들은 반드시… 너의 존재를… 추적해… 낼 것이다."

말하는 중에 점점 힘겨워하더니 JK가 이윽고는

"컥! 커어억!"

두어 모금의 붉은 핏덩이를 토해내곤 다시 급격하게 숨이 거칠어진다.

그러더니 결국은 그의 고개가 툭 꺾이며 옆으로 떨어지고 만다.

입가에 차가운 웃음기를 그대로 맺은 채로다.

"이봐! 이봐!"

김강한이 안타깝게 그의 몸을 흔들어보지만 소용없다.

소외

타타탕!

타타타탕!

쾅!

콰광!

잇따른 총격 소리와 폭음, 그리고 닫힌 출입문 틈새로 뿌옇게 밀려드는 연막탄의 연무가 바깥의 치열한 전투 상황을 말해주고 있다. 그런 중에 김강한은 그냥 우두커니 서 있다. 그가 맡은, 아니, 맡겨진 임무와 역할은 이미 끝났다는 생각이다.

레스토랑 안의 인질들이 여전히 절박한 공포에 질려 떨고 있는 중에 아까의 그 노신사가 부지런하게 이곳저곳을 옮겨 다니며 부상자들을 돌보고 있다. 그런 모습에서 노신사는 이제 두려움과 공포를 초월해서 오로지 자신의 본분이라고 여기는 일에 온전히 몰두해 있는 모습이다.

문 하나를 사이에 두고 바깥의 치열한 전투와 부상자 치료에 헌신하고 있는 노신사의 모습, 그리고 그것들과는 아무런 관계도 없는 구경꾼이라도 된 것처럼 멍하니 서 있는 그 자신. 그런 자못 선명한 대비에 대해 김강한은 잠깐 소회에 젖는다.

'저들은 무엇을 위해 싸우는 걸까? 무엇을 위해 죽고 죽이는 걸까? 또 저 노신사는 바로 몇 걸음 밖에서 죽고 죽이는 처참한 살육전이 벌어지고 있는 가운데 무엇을 위해 자신의 안전도 돌보지 않은 채 다른 사람을 구호하는 데 온 힘을 다하고 있는 걸까?'

그러다 김강한은 문득 답답한 느낌에 빠져들고 만다. 마치 참으로 아이러니하고도 묘한 어떤 판타지 속에 갇혀 버린 것만 같다. 그럼으로써 지금 주위에서 벌어지고 있는 모든 치열함으로부터 그 혼자만 동떨어져 철저히 소외된 느낌이다.

보고

[L백화점 대테러 진압 작전 결과 보고]

1. 테러범 사상자 현황

—31명 전원 사망.

*사살 19명.

*자결 12명(진압 작전 도중 테러범 12명을 생포하였으나, 각자 다양한 형태로 소지하고 있던 독극물로 전원 자결함).

2. 인질 구출 현황

—부상자 포함 생존자 114명 전원 구출.

*시신 9구 수습(테러범들이 백화점 7층을 점거하는 과정에서 이미 사망).

3. 대테러 특임대 및 경찰특공대 피해 현황

—별도 보고.

벌써 옛날의 일이기라도 한 것처럼

[끝까지 격렬하게 저항하던 테러범들을 격멸하고 생존 인질 전원 구출에 성공! 대테러 특임대와 경찰특공대의 전격적인 진압 작전이 거둔 성공은 세계적으로도 비교할 만한 사례를 찾아보기 어려울 정도로 눈부신 성과였다!]

[함께 인질로 잡혀 공포와 절망에 짓눌린 중에도 테러범들의 위협에 굴복하지 않고 의사로서의 투철한 소명 의식을 발휘해 위급한 상태의 부상자들을 살린 한 노(老)의사의 헌신적인 활약상은 이 시대를 사는 우리 모두가 거울로 삼아야 할 귀감이라고 할 것이다!]

한바탕의 공포와 분노, 그리고 '테러'와 '구출 작전'이라는 전혀 상반된 명제이더라도 결국은 잔혹한 살육이 스쳐 간 뒤엔 각종의 화제와 영웅들이 남는다. 매스컴에서 영웅들의 얘기가 생산되고 다시 확대재생산 된다.

테러범들의 배후에 대한 수사가 한미(韓美)를 위시한 각국의 정보 당국과 국제적 공조수사 체계로 발 빠르게 진행되고 있다는 소식도 있다. 또 정부와 국회에서는 연일 대테러 대책 강화에 관한 방안이며 법령을 내놓는다.

그러나 막상 그 테러 사건의 본질은, 그 공포와 분노, 잔혹은 사람들의 기억 속에서 빠르게 무뎌져 간다. 벌써 옛날의 일이기라도 한 것처럼.

요인(要人)은 아닐지라도

그날 진압 작전이 끝나고 난 뒤 김강한은 대통령 비서실장으로부터 전화를 받는다. 대통령이 그를 보고자 한다는 얘기였다. 치하를 하려는 것일까? 부산에서 자신의 목숨을 구하고 또 국가적 비상사태이자 대처에 실패했을 경우 자칫 자신의 정치적 위기로 이어질 뻔한 인질 테러 사건을 진압하는 데 있어서 수훈을 세운 것에 대해. 그래 봤자 공식적으로는 어떤 상도 훈장도 줄 수 없을 테지만.

어쨌든 김강한은 청와대로 돌아가지 않는다. 그 뒤에 따로 연락을 취해온 최중건과도 만나지 않겠다고 했다. 최중건이 그에게 부채(?)로 부여한 세 가지 일은 어쨌든 다 끝냈다. 그런 이상 더는 최중건에게 묶일 이유가 없는 것이리라.

물론 그렇다고 해서 그가 조태강의 신분을 간단히 버리고 다시 원래의 조상태나 김강한의 자리로 돌아갈 수 있게 된 것은 아직 아니다. 그가 소중한 사람들의 곁을 떠나야 했던 이유는 여전히 그대로인 것이다.

'나는 죽지만 결코 끝이 아니다. 나보다 훨씬 더 강한 내 동지들이 널 찾을 거다. 네가 한국 정부의 요인인 이상, 그리고 이런 능력자인 이상 그들은 반드시 너의 존재를 추적해 낼 것이다.'

JK가 마지막으로 남긴 말은 그에게 경계와 함께 한 가닥의 기대를 또한 남겼다. 그리고 그 기대가 유효하자면 그는 JK가 오해한 바의 한국 정부의 요인(要人)은 아닐지라도 최소한 최중건과 국가 원로 회의와의 인연을 아주 끊지는 말아야 할 것이다.

다만 이제는 그쪽의 필요가 아닌 그 자신의 필요에 의해 그들과의 관계를 좀 더 유지하는 것인 만큼, 이제까지의 수동적이고 피동적인 입장에서 벗어나 능동적이고 주도적인 입장이 되어볼 작정이다.

황폐

황폐하다. 그의 마음은 물기 한 점 없이 메말라 저절로 바스라지고 말 듯하다.

이 지독히도 막막한 황폐감은 후유증일 것이다. 그 이유가 어떤 것이었던지 간에, 혹은 그 명분이 무엇이었던지 간에 다시금 저지르고 만 살인. 그 후유증.

그는 잠시 떠나기로 한다. 그 모든 흔적으로부터.

아무도 없는 곳으로, 누구도 모르는 곳으로 무작정 떠날 것이다.

제8장

—

자유

그 남자를 불러야 할 이유 한 가지

오후 무렵의 따가운 빛살을 받은 바다가 눈부신 금빛으로 일렁이고 있다. 김강한은 방파제에 앉아 망연히 바다를 바라보고 있다. 그의 발 바로 아래에서는 바닷물이 무심히 찰랑인다.

'여기가 끝인가? 더 가고 싶어도 갈 수가 없게 되었는가?'

어디로 갈지 정해놓지도 않고서 그저 무작정 남쪽을 향해 온 끝에 닿은 곳이 여기다. 그런데 그가 이런저런 상념에 잠겨 있을 때다.

"보소, 사람 지나다니는 길을 그래 가로막고 있으모 우짜라 카는 긴교? 퍼뜩 좀 비키소!"

옆에서 굵직한 목소리가 들린다. 투박한 사투리가 아니더라도 말투 자체가 퉁명스럽다. 김강한이 당장 일어설 생각보다는 힐끗 목소리의 주인공을 올려다본다. 작달막한 키에 옆으로만 한껏 벌어져 땅땅한 몸집을 지닌 오십 대쯤의 남자다. 남자는 조금 안으로 굽었지만 여전히 탄탄해 보이는 넓은 어깨와 구릿빛으로 그을린 얼굴만으로도 거친 바다 일을 하는 사람이겠다 싶은 느낌을 주는 데가 있다.

어쨌거나 생각지 않게 봉변을 당한 셈이라 김강한이 유쾌할 수는 없는데, 그렇다고 기분대로 시비를 붙을 것까지는 또 아니다. 그가 싱겁게 한 번 웃고는 몸을 일으켜 한쪽 옆으로 피해준다. 그럼에도 남자는 힐끗 여전히 뭔가 못마땅하다는 느낌의 시선을 한 번 더 주고 나서야 사뭇 당당한 팔자걸음으로 김강한이 앉아 있던 그 자리를 굳이 밟고서 지나간다. 그리고 그 남자는 십여 미터 앞쪽에 있는 바다를 향해서 난 다리로 올라서는데, 그것이 사람이 건너다니는 다리인 줄을 김강한은 그제야 비로소 알게 된다. 복공 철판이라고 하던가? 구멍이 숭숭 난 철판을 대충 이어 만든 작고 좁은 다리인데, 그 남자가 걷는 걸음마다 사뭇 위태롭게 들리는 소리를 토해낸다.

철컹철컹!

바다를 향해 십여 미터쯤을 뻗어 나간 그 다리의 끝에는 자그마한 바지선 한 척이 떠 있다. 그리고 다시 바지선의 측면에 주변의 다른 어선보다는 제법 커 보이는 배 한 척이 대어져 있다. 대강의 모양새로 보아서는 낚싯배인 것 같은데,

[승리호]

선실의 앞쪽 벽면에 커다랗게 새겨진 글자가 배 이름인 모양이다. 남자가 배, 승리호의 선실로 들어가고 난 잠시 뒤,

부르르릉!

승리호가 한 무더기의 시커먼 연기를 뿜어내며 요란한 엔진 소리를 토해낸다. 그 덕에 김강한이 지금껏 바닷가의 당연한 풍경이라고 알아온 정적이 허무할 정도로 간단히 깨져 버린다. 그리고 승리호의 엔진 소리는 경쾌하고도 안정적인 소리로 바뀐다.

퉁! 퉁! 퉁! 퉁!

다시 승리호의 갑판으로 나와 배와 바지선을 묶은 밧줄을 풀어내고 있는 남자를 보며 김강한은 불쑥 고민이 생긴다. 남자의 호칭에 대해서다.

'선장? 아저씨?'

그가 그런 다분히 쓸데없는 고민을 해보는 이유는 문득 그

남자를 불러야 할 이유 한 가지가 생겼기 때문이다.

바닷바람이나 실컷 쐬게 해주시면 됩니다!

"선장님!"

김강한이 외치는 소리에 남자가 흘깃 뒤를 돌아다본다. 사뭇 무성의한 느낌이지만, 그래도 김강한이 '좋은 게 좋다'는 원칙에 의거하여 결국 정한 호칭에 대해서 기분 나쁜 기색은 아닌 것 같다. 그러나 남자, 선장의 표정이 이내 다시 퉁명스럽게 변하려는 조짐에 김강한이 예의 그 작고 좁고 위태로워 보이기까지 하는 복공 철판의 다리를 단숨에 뛰어 건넌다. 그리고 막 바지선에서 분리되고 있는 승리호의 갑판 난간을 붙잡는다.

"어, 어? 보소! 보소! 지금 뭐 하는 기고? 죽을라 카믄 딴 데 가서 죽지, 애먼 남의 배를 붙잡고 와 이카노?"

선장이 놀라며 거칠게 퍼붓는다. 그러나 김강한이 불구하고 붙임성 있게 말을 붙인다.

"선장님, 이 배 지금 어디로 가는 겁니까?"

"어데로 가든? 댁이 그건 알아서 뭐 할라꼬?"

"괜찮으시면 좀 얻어 탈 수 있을까 해서요!"

"얻어 탄다꼬? 내 배를? 어허! 딱 보믄 모리겠나? 내 배는 지금 낚시하러 나가는 기 아이라!"

"예, 압니다! 저도 낚시를 하려는 건 아니고, 그냥 한번 타보고 싶어서 그럽니다!"

"나 참, 젊은 사람이 사람 말을 와 이래 몬 알아듣노? 지금은 손님 안 태우니까네 딴 데 가서 알아보라 카이? 그라고 그 손 퍼뜩 안 놓나? 내 지금 바쁘다!"

선장이 이윽고는 멱살이라도 틀어쥘 기세가 되는 것을 김강한이 얼른 마지막 수단을 부린다.

"태워주시면 돈은 충분히 드리겠습니다!"

그러나 그 말에 선장은 피식 실소를 떠올린다. 차라리 어이없다는 표정이다.

"돈을 준다꼬? 보소! 이 배가 이래 비도 8톤짜리요! 뭔 말인지 아요? 이 근처에서 이 배만큼 큰 낚싯배가 없다 이 말이라! 한 번 출조에 30명씩도 태우고 나가는 밴데, 딸랑 당신 혼자서 타겠다고? 지금 당신 혼자서 배를 전세를 내겠다 그 말이요?"

한마디로 턱도 없다는 것일 터이다. 그러나 김강한이 덤덤하게 받는다.

"예! 그럼 그러죠, 뭐! 전세를 내겠습니다!"

그 말에는 선장의 두 눈이 설핏 커지더니 이어 반응이 조금쯤 달라진다.

"어허! 지금 참말로 카나, 농으로 카나? 참말로 전세를 내겠다 이긴교?"

"예!"

김강한의 분명한 대답에 선장이 잠깐 염두를 굴리는 눈치더니 솔깃한 기색을 애써 누르는 모양새로 슬쩍 말을 보탠다.

"아까도 얘기했지만서도… 내가 지금 급하게 갈 데가 있어가꼬 딴 데로 가자 카믄 몬 가는 기고, 그냥 내 가는 대로 한 바퀴 돌고 오자카믄사 마 짜달시리 힘들 건 없기는 한데……."

"어디로 가시는데요?"

김강한이 처음에 한 질문을 다시 하는데, 선장의 대답은 처음과는 사뭇 딴판으로 친근하고도 자세하다.

"숙도라 카는 섬인데, 우리 당숙 어른이 거 계시는 기라. 그란데 거까지 댕기는 배가 따로 없다 보이까네 내가 병원에서 노친네 약도 타고, 또 필요하다는 물건도 사고 해서… 한 달에 한 번씩, 또 우짤 때는 두 달에 한 번씩 직접 갖고 들어가야 되는 기라."

"예. 저는 뭐 그냥 바닷바람이나 한번 쐬고 오려고 하는 거니까 선장님 좋으신 대로 거기… 숙도까지 한 바퀴 돌고 오시면 됩니다."

"하모 마… 그래 하지, 뭐."

그러더니 선장은 입가에 생긴 웃음기를 슬며시 지우며 덧붙인다.

"음, 근데… 얼매나 줄 낀데?"

"제가 가격을 잘 몰라서… 얼마나 드리면 되겠습니까?"

선장의 말투가 은근해진다.

"요새 기름값이 계속 오르다 보이까네 낚싯배 요금도 마이 올랐다 아인교. 뭐, 하지만… 낚시를 하겠다는 것도 아이고 기왕에 갔다 와야 하는 길에 잠간 태워 달라 카는 긴데, 배 전셋값을 그대로 다 달라 카는 건 도둑놈 심보겠제. 그라고 마… 이것도 인연일 낀데… 그냥 기름값 쪼매 보탠다 치고… 10만 원만 주소."

그래 놓고는 제풀에 겸연쩍은지 선장이 어색한 웃음을 만들며 괜스레 목청을 높인다.

"아, 뭐 하요, 퍼뜩 안 올라타고? 해 떨어지기 전에 갔다 와야 하는데, 그 짝하고 씰데없는 얘기한다꼬 벌써 마이 늦었뻿다 아이가?"

"아, 예. 감사합니다, 선장님."

김강한이 얼른 승리호에 올라타고는 곧장 지갑에서 지폐 몇 장을 빼서 선장에게 건넨다. 선장이 새삼 계면쩍은 듯이,

"하이고, 이거 참……."

하고 받더니 다시 과장스럽게 놀라는 시늉이다.

"이기 얼매고? 삼십만 원 아이가? 십만 원만 달라캤는데 와 이래 마이 주노?"

"제가 갑작스러운 부탁을 드렸는데도 선장님께서 흔쾌히 들어주셔서 감사한 마음에 조금 더 드리는 겁니다."

"참말로… 이라몬 안 되는 긴데, 이래 받아도 될랑가 모르겄네?"

"그냥 받아두십시오. 대신 바닷바람은 실컷 쐬게 해주셔야 합니다."

그제야 못 이기는 체 돈을 주머니에 챙겨 넣는 선장의 얼굴에 환한 웃음이 걸린다.

"허허허! 내 장덕팔이요! 승리호 선장 장덕팔!"

충동

바닷바람이나 실컷 쐬게 해달라고 했더니 김강한은 정말 원 없이 누리고 있는 중이다. 온몸을 치고 지나가는 바닷바람이 차다 못해 뼛속까지 얼얼해지는 기분이다. 장덕팔 선장이 선실로 들어가 있으라고 손짓, 고갯짓으로 몇 번이나 권했지만 그는 기어코 사양하고는 선수(船首)의 갑판 난간을 잡고 버티는 중이다.

선장 말로는 1개 소대는 너끈히 들어가고도 남는다고 하고,

그가 보기에도 어른 대여섯 명쯤은 활개 펴고 누울 만한 선실이 있긴 하다. 그러나 좌우 측 벽에 난 작은 창문 몇 개로 기껏 스쳐 가는 광경이나 볼 수 있을 뿐인 그 꽉 막힌 공간에 갇혀 있긴 싫다. 선장실로 들어가면 찬바람을 맞지 않고도 배가 물살을 가르며 나아가는 통쾌한 전경을 누릴 수도 있겠다. 그러나 선장 혼자서 키를 잡고 배를 운전하는 데 딱 필요한 만큼의 공간에 불과하다. 그런 터에 두 사람이 그 안에 함께 있다가는 그야말로 사내들끼리 진하게 몸을 부대껴야 할 지경이다. 그래서 김강한은 차라리 선수 쪽 갑판에서 찬 바닷바람을 정면으로 맞는 것을 택한 것이다.

굳이 시간을 확인하지는 않았지만, 승리호가 바다를 달린 지 한 시간은 훌쩍 넘긴 것 같다. 김강한이 이제는 얼굴 피부에 아주 감각이 없어진 느낌인데, 그때쯤 저 앞쪽 수평선에 작은 점 하나가 불쑥 나타나더니 이내 커진다. 김강한이 선실 벽을 두드리며 장덕팔 선장에게 그 섬을 가리키자 선장이 웃으며 고개를 끄덕여 보인다. 반갑다. 한 번도 듣지도 보지도 못한 남해의 작은 외딴섬이 이렇게나 반가울 줄이야.

승리호가 속도를 늦추고 있다. 성능이 썩 좋아 보이지는 않는 데다 내내 전속력으로 달리느라 악을 써대던 엔진 소리가 확연히 줄어든다. 덩달아서 내내 귀를 멍하게 만들던 바람 소리도 잔잔해진다.

"저기가 숙도요! 노친네들 말로는 옛날에 쑥이 많다고 쑥도라고 불렀다가 나중에 숙도로 됐다 카더만! 참말인지 거짓말인지는 내도 모르겠고!"

선장이 선장실 창문으로 밖을 내다보며 말을 건넨다. 한 시간 훨씬 넘게 함께 있으면서도 거의 처음으로 건네는 말이다. 하긴 엔진 소음과 바람 소리 때문에 말을 주고받을 수도 없었지만.

선장의 말에 의하면 지금 숙도에는 그에게 당숙이 되는 팔순 노인 한 사람만이 유일한 주민으로 있단다. 이십 년 전쯤만 해도 섬에는 고기잡이와 작은 규모지만 전복 양식으로 생계를 꾸리는 열다섯 가구쯤의 마을이 있었는데, 한 가구 두 가구 섬을 떠나면서 십 년 전쯤에는 이윽고 당숙네만 남았단다. 그나마 팔 년 전 당숙모마저 세상을 버리고 난 뒤에는 당숙 혼자만 남게 되었다는 것이다.

김강한은 또다시 불쑥 솟는 충동을 느낀다. 아무런 계산도 작정도 없는 충동이다. 하긴 여기까지 온 것부터가 그런 충동의 결과이긴 하다.

마, 그래 한번 해보입시다!

"한 며칠 머물 수 있겠습니까?"

김강한의 느닷없는 말에 장덕팔 선장의 두 눈이 커진다.

"어데? 여기… 숙도에서 말인교?"

"예."

"여긴 아무것도 없다니까? 민박도 없고, 식당도 없고, 가게도 없고, 아무것도 없어요. 늙어 꼬부라진 할배 혼자뿐이라니까? 이런 데서 우째 며칠을 머문다는 말인교?"

"그냥 한번 그래 보고 싶네요."

"허허허!"

선장이 헛웃음을 흘리며 고개를 절레절레 젓는 것을 김강한이,

"그분, 당숙 되시는 분께도 사례는 충분히 하겠습니다."

하고 슬쩍 말을 흘린다. 그러자 이번에도 선장은 또 반응이 슬그머니 달라진다.

"아니, 뭐… 그래 한다 카믄야 내가 말은 한번 꺼내볼 수 있는 문제이긴 하지만……."

그러고는 선장이 다시 덧붙인다.

"이런 데서 노친네 혼자 사는 데 뭔 돈이 들겠노 카는 사람들도 있지만서도 그건 뭘 영 모르는 소린 기라. 섬이라는 데가 절대로 만만치가 않은 덴 기라. 젊은 사람도 이런 데서 혼자 살아라 카모 얼마 몬 버티고 두 손 두 발 다 들고 말 낀데? 그란데 팔순 나이의 할배사 오죽하겠노? 당장에 여기저기 온

전신에 아픈 구석은 많은데, 성질이 까탈시러버 가지고 병원에는 죽어도 안 갈라 카지만, 막상 약이 없으모 다문 며칠도 몬 버티는 기라. 지금도 약을 한 보따리나 타갖고 왔지만서도, 여기에 드는 돈만 해도 참말로 만만치가 않은 기라. 사람이 늙을수록 돈이 더 필요하다 카더만 참말로 그런 기라."

"민박한다 치고 하루에 십오만 원씩 쳐드리면 되겠습니까?"

김강한이 짐짓 거드는 말에 장덕팔 선장이 이윽고는 반색을 한다.

"아이고! 그래 해주믄야 우리 당숙한테는 엄청시리 좋은 일이제!"

그러더니 선장은 금세 또 걱정을 덧붙인다.

"그란데 할배가 불뚝 성질이 좀 있어가꼬… 말이 통할란가 모리겠다."

"일단 어르신께 한번 여쭤나 보시죠, 뭐."

"허허허! 그라입시다! 마, 그래 한번 해보입시다!"

너거 사정이니까네 너거가 알아서 해라!

섬의 안쪽을 향해 좁은 U자 형태로 움푹 들어간 지형의 해안은 딱히 포구라고 하기에는 마땅치 않아 보인다. 그 해안으로부터 십여 미터쯤에 걸쳐서 삭고 허물어져 내부의 시뻘겋게 녹슨 철근이 흉물스럽게 노출된 콘크리트 구조물이 바다로 뻗어 나와 있다. 아마도 예전에는 방파제 겸 선착장 역할을 했던 것이리라.

"와 이리 늦노?"

승리호가 닿는 곳에 나와 있던 백발의 노인이 대뜸 호통부터 친다. 노인은 꾸부정한 허리에 홀쭉하니 마른 몸매다. 평생을 햇빛과 바닷바람에 그을려서인지 얼굴이 구릿빛을 넘어 숫제 거무죽죽하게 변색이 되었다. 그런 덕으로 잘 드러나지 않지만 조금 자세히 보면 얼굴 가득 주름이 자글자글하다. 수많은 풍상을 겪어낸 생생한 흔적이리라. 다만 그 카랑카랑한 목소리와 또 여전히 날카로움을 잃지 않고 있는 눈빛에서는 그 성정이 보통이 아님을 짐작해 볼 만하다. 장덕팔 선장이 노인의 말에는 굳이 대꾸를 하지 않는 채로 선실 안에 쟁여놓은 몇 개의 짐 꾸러미를 내린다. 그러고는,

"당숙요, 지 좀 잠깐 보입시더예."

하며 노인을 한쪽으로 이끌고 간다. 김강한의 얘기를 하려는 것이리라. 그러나 몇 마디 나누는 것 같지도 않더니 대뜸 노인의 호통이 터져 나온다.

"그라이까네 뭐 할라꼬 외지인을 여게까지 댓고 오노 말이다!"

장덕팔 선장의 목소리가 덩달아서 커진다.

“아… 참! 당숙요! 그런 기 아이고요! 저 젊은 양반이 그냥 바닷바람이나 쐬겠다꼬 배를 좀 태워달라꼬 하도 그래싸서 태워 가꼬 왔더만, 또 숙도가 맘에 든다꼬 며칠만 좀 있다 가모 안 되겠는가 물어봐 달라 캤다 안 캅니꺼?”

“치아라, 마! 여게 뭐가 볼 끼 있다꼬 며칠씩이나 있는단 말이고? 애당초에 그기 말이 되는 소리가 말이다!”

“아, 참말로 딱 돌아삐겠네? 보이소, 당숙요! 말이 안 될 건 또 뭐가 있능교? 그냥 한 며칠 조용히 머리 좀 식후다 간다 카는데, 신경 쓸 것도 짜달시리 없다 아인교? 그라고 하루에 십오만 원씩이나 쳐준다 카는데, 요새 같은 불경기에 크고 좋은 민박이나 펜션에서도 그래 마이 받는 데가 없십니더! 그라고… 당숙도 돈이 좀 있어야 약값에도 보태고 이래저래 필요한 것들 사는 데도 쓰고 할 거 아인교?”

그 말에는 노인이 잠시 잠잠하더니 문득 성큼 걸음으로 김강한에게로 다가온다.

“보소, 젊은 양반! 여게는 볼 것도 아무것도 없고, 잘 데도 없고, 먹을 것도 없는 기라! 그라이까네 괜히 헛돈 쓰고 고생은 고생대로 바가지로 하지 말고 고마 퍼뜩 딴 데로 가보소! 여게 말고도 구경하기 좋은 데가 천지삐까리로 널리 있는데 와 하필 여게고 말이다!”

투박하고도 퉁명스러운 거절이다. 그러자 김강한보다 먼저 장덕팔 선장이 목소리를 높인다.

"쪼매 있으모 해 넘어가는데, 갈 데가 어데 있다고 딴 데로 가라 캅니꺼?"

노인이 지지 않고 버럭 한다.

"아이고, 내사 마 모리겠다! 해가 넘어가디 말디, 갈 데가 있디 말디 그기야 너거 사정이니까네 너거가 알아서 해라!"

그리고 노인은 사뭇 매몰차게 돌아서더니 꾸부정한 허리로 휘적휘적 걸어가 버린다.

자초한 결과

노인의 뒷모습이 멀어지기를 기다렸다가 장덕팔 선장이 슬그머니 김강한에게 말을 건넨다.

"우짤란교?"

"예?"

"우리 당숙이 성질은 좀 꼬장꼬장해도 절대로 나쁜 사람은 아인기라."

"그런데 한사코 안 된다고 하시는데……."

"에헤이! 그런 기 아이라 카이? 금방 너거가 알아서 해라꼬 안 카디요? 그기 반쯤은 승낙한다는 소린 기라. 그라이까네 인자 모리는 척 슬쩍 따라붙어 가꼬 슬슬 비비대모 그냥 받아줄 끼라. 어떤교? 한번 해볼란교? 뭐, 싫다카모 그냥 돌아가고."

김강한이 난감한 중에 빠르게 생각을 정리한다. 사실 처음 와보는 이곳이 딱히 마음에 들거나 더욱이 무슨 애착 같은 게 갑작스레 생길 까닭은 없다. 다만 비록 충동적이기는 하지만 어쨌든 이 외딴섬까지 왔는데 노인의 푸대접에 그냥 돌아선다는 것도 왠지 좀 스스로의 마음에 차지 않는 기분이기는 하다.

"그럼… 제가 다시 한번 잘 말씀을 드려보는 걸로 하죠."

김강한의 그 말에 장덕팔 선장이 반갑다는 기색을 굳이 감추지 않는다. 그러곤 짐짓 서두른다.

"그래 한번 해보소. 우리 당숙 성질은 내가 잘 아는데, 겉으로는 저래 무뚝뚝해 비지만 속정은 또 엄청시리 깊은 양반인기라. 그라이까네 살살 성질만 좀 맞차주마 아무 문제도 없을 끼라. 그라고 뭐, 정 안 되겠다 싶으면 내일 아침에 바리 핸드폰 치소. 내 쏜살같이 배 몰고 올 끼니까. 됐제?"

그런 데야 김강한이 뭔가 속는 기분이긴 하지만, 어쨌든 자초한 결과라고 할 것이니 마지못해 고개를 끄덕인다. 그러자 장덕팔 선장은 곧바로 승리호로 건너간다.

부르르릉!

승리호의 엔진이 힘차게 발동하더니 장덕팔 선장이 선장실

창밖으로 고개를 내밀고 외친다.

"아 참! 여기가 핸드폰이 잘 안 터지는 덴데, 섬 뒤쪽의 산꼭대기로 올라가면 잘 터지니까 그래 아소!"

승리호가 엔진 소리도 경쾌하게 물살을 가르며 곧장 바다로 나아간다.

퉁! 퉁! 퉁! 퉁!

그런대로 괜찮은 선택

김강한은 아까 노인이 휘적휘적 걸어간 궤적을 천천히 따라간다. 어차피 외길이다. 사람이 다닐 만한 길이 달리 또 있지도 않으니 길을 잘못 들 염려는 없겠다. 조금 걷다 보니 예전에 마을이 있던 흔적이 보인다. 마당엔 잡초가 무성하고 집채는 다 허물어져 가는 몇 채의 집이 있고, 조금 더 안쪽으로 들어가자 폐허가 된 채 아예 집터만 남아 있는 형상도 있다.

외길이 이윽고 끝난다. 마을의 가장 안쪽이리라. 거기에 집 한 채가 있는데, 전체적으로 낡고 허름하지만 지붕이며 벽 등 집채가 온전하다는 것과 마당이 잡초 하나 없이 깔끔하다는 것에서 사람이 살고 있는 집임을 알 수가 있다. 그냥 독채인데, 방문이 두 개인 것으로 보아 방은 두 칸인 모양이다. 김강한이 마당에 들어서서 기웃거리는 중인데, 두 개의 방문 중에서 오른쪽의 것이 벌컥 열린다.

"쯧쯧!"

혀부터 차며 노려보는 노인에게서는 사뭇 적대적인 느낌까지 든다.

"저… 어르신!"

무슨 말이라도 꺼내야겠기에 김강한이 입을 떼는데,

"어르신은 무신… 그냥 할배라 캐라!"

퉁명스럽기 짝이 없는 대답이 돌아온다. 그래도 할배라는 말이 주는 친숙한 어감 때문에라도 김강한이 그나마 안도를 느낀다. 그런 중에 할배가 왼쪽의 방문을 가리키더니 여전히 퉁명스러운 투로 다시 말을 꺼낸다.

"안 치워서 엉망일 낀데… 그래도 괜찮다 카믄 저짝 방을 쓰던가!"

"아, 예! 고맙습니다!"

김강한이 얼른 허리부터 숙이는데, 그 틈에 할배는 또 냉큼 방을 나와서는 성큼성큼 뒤뜰 쪽으로 가버린다. 김강한이 그 왼쪽의 방문을 열어보니 윗목으로는 그릇이며 자루 등 잡다한 물건이 쌓여 있지만, 아랫목은 비워져 있어서 한 몸 누울 공간은 그런대로 나올 것 같다. 손을 대어보니 방바닥은 냉골이다. 그렇더라도 김강한이 일단 방바닥에 엉덩이를 붙이고 앉아보는데, 새삼 '내가 지금 무슨 짓을 하고 있나?' 하는 생각에 실소가 절로 난다. 그렇게 김강한이 잠시 앉아 있는 중인데, 문득 매캐한 냄새가 허술한 방문 틈으로 스며든다. 얼른 방문을 열어보니 방의 왼쪽으로 난 아궁이에 연기가 자욱하다. 할배가 군불을 지피는 모양이라 김강한이 얼른 방에서 나와 신발을 꿰신는다.

"제가 하겠습니다!"

그러나 할배는 눈길도 주지 않고 잘라 버린다.

"어데! 딱 보이까네 도회지 냄새가 폴폴 나는데, 언제 이런 걸 해봤씰까? 괜히 저지레나 만들지 말고 함부레 손댈 생각 마소!"

이게 생각을 해주는 건지 꾸지람을 하는 건지 헷갈린다. 김강한이 일단은 허리를 굽히고는 곱게 뒤로 물러서서 시킨 대로 구경이나 한다. 아궁이 속에서 활활 타오르는 장작 불빛에 할배의 굽은 등이 더욱 도드라지는 듯하다. 그런 중에 주변으로 번지는 따뜻한 열기 속에서 김강한은 문득 할배와 훌쩍 가까워지는 듯한 느낌에 젖어본다. 장덕팔 선장의 말처럼 할배가 나쁜 사람은 아닌 것 같다. 다만 생각지도 않게 불쑥 섬으로 들어온 낯선 이에 대한 경계와 또 그동안 오롯이 혼자만의 세계이던 경계가 침범당하는 데 대한 거부감과 성가심이 있는 것이리라. 그러나 어쩌면 할배도 외로웠을 터다. 그런 터에 당질(堂姪)인 장덕팔 선장을 제외하고는 참으로 오랜만에

보는 사람이고, 더욱이 김강한이 최근에는 스스로 그래 본 기억이 없을 정도로 고분고분한 성의를 최대한 보이고 있으니 반가운 마음이 아주 없지는 않을 것이다.

김강한의 심경도 다시 한번 바뀐다. 애초에는 누구의 관심에서도 벗어나 온전히 혼자만 있고 싶다는 충동에서 시작이 된 일이긴 하다. 그러나 정말로 아무도 없는 오지나 무인도에 들어가서 틀어박힐 생각까지는 아니었다. 그런 점에서 이곳 숙도는, 또 할배와 단둘이 지내보는 것은 그런대로 괜찮은 선택인 것 같다는 생각이 새삼 든다.

할배의 세상

할배는 여전히 무뚝뚝하고 말수도 거의 없다. 그러나 알고 보면 할배는 사뭇 자상하게 불청객을 챙기는 데가 있다. 저녁에 군불을 땐 데 이어 새벽에 다시 한번 군불을 때주었고, 또 어제저녁에는 삶은 고구마를 슬쩍 방 안으로 들이밀어 놓아서 김강한이 마침 시장기를 느끼던 중에 달게 먹었다. 오늘 아침에도 방문이 가만히 열리더니 작은 소반을 슬그머니 들여 놓는다. 소반에는 밥 한 그릇과 김치 한 접시, 그리고 처음 보는 해조류 무침 한 접시가 놓여 있다.

김강한이 깨끗이 비운 그릇들을 챙겨 들고 뒤뜰로 나간다.

그곳에 물탱크와 간단히 씻거나 설거지 따위를 할 수 있는 공간이 있다는 것을 미리 보아둔 터다. 물탱크는 곳곳이 부스러지고 시커멓게 이끼가 끼어 있어 그것이 버텨내 온 세월을 웅변해 주고 있다. 그런데 김강한이 물탱크에서 물을 받아서 우선 세수를 하고 이어 빈 그릇들을 설거지하는 중인데, 등 뒤에서 할배의 퉁명스러운 목소리가 들린다.

"물을 그래 헤프게 쓰면 우짜노? 섬에서 살라 카믄 젤로 먼저 물 아까운 줄부터 알아야 하는 기라!"

김강한의 허리가 이제는 반사작용이기라도 한 것처럼 저절로 굽혀진다.

"예, 예!"

할배의 말이라면 그것이 성화건 잔소리건 일단 굽히고 보기로 한다. 이곳은 할배의 세상이고, 할배가 왕이라는 사실을 기꺼이 인정해 주기로 한다.

자유는 힘들다

아침을 먹고 난 뒤 김강한은 문득 막막해진다. 해야 할 일은 없다. 그냥 자유다. 그러나 무작정의 자유는 오히려 사람을 심심하게 만들고 나아가 견디기 힘들게 만들기도 하는 모양이다.

서울을 떠나올 때만 해도 한 달이고 두 달이고 아무 생각도 안 하고 아무 일도 하지 않고 그냥 시간이나 죽여야지 했다. 괜스러운 충동에 쓸데없이 충실하여 이 외딴섬에 발을 들여놓았을 때도 한 며칠간 그야말로 숨만 쉬면서 멍하니 있기에 좋은 곳이라는 생각이었다.

그리고 이제 겨우 하루 저녁을 지냈을 뿐이다. 그런데 벌써부터 좀이 쑤시고 몸이 근질거리면서 까닭 없이 힘이 들기 시작한다.

정 할 일이 없거든

김강한이 방 안에서 앉았다가 드러누웠다가 몇 번이나 되풀이하는 중이다. 그러다 이윽고는 무료함을 참지 못해 마당으로 나선다. 그리고 괜스레 마당의 이쪽 끝에서 저쪽 끝까지를 왔다 갔다 해보지만 무료하기는 매한가지다. 할배는 자기 일에 바빠서 김강한에게는 눈길도 주지 않는다. 집 구석구석을 치우고, 담벼락 아래 구석진 곳의 풀도 뽑고, 집 뒤편의 텃밭 일도 하고, 내내 집 안팎을 들락날락하며 잠시도 한가한 틈이 보이지 않는다. 그러나 김강한이 할배 하는 일을 돕겠다고 선불리 나서보기는 어렵다. 안 그래도 지난 저녁에 '괜히 저지레나 만들지 말고 함부레 손댈 생각 마소' 하는 호통을 받은 일도 있지 않은가? 그런데 김강한이 하릴없이 다시금 방으로 들어가려 할 때다.

"머리 식후로 왔다카메? 그란데 방구석에만 틀어박히 있어봤자 생각만 더 복잡하제! 정 할 일이 없거든 산에나 한번 올라가 보소! 산꼭대기에 올라가가 바다를 내리다보만 고마 속이 뻥 뚫릴 끼구마!"

할배다. 눈길도 주지 않더니 김강한이 괜스레 서성대는 모양새에 사실은 신경이 쓰인 모양이다.

친숙한 괴물

할배가 말한 산을 찾는 건 쉽다. 섬에 있는 산이라야 하나밖에 없으니 말이다. 산꼭대기도 마찬가지다. 우뚝하니 솟아 꼭대기라고 할 만한 봉우리 역시 하나뿐이다.

그런데 기껏 높아봤자 200고지도 안 될 것 같더니 오르는 길이 제법 가파르다. 이윽고 정상이다. 산꼭대기에 당도하자 김강한의 발아래로 드넓은 바다가 장관을 이루며 펼쳐진다.

'고마 속이 뻥 뚫릴 끼구마!'

할배의 말 그대로다. 그야말로 속이 뻥 뚫리는 후련함이 있다.

그런데 끝도 없이 펼쳐진 검푸른 바다를 망연히 보고 있는 중에 어느 순간 그는 그저 시선으로가 아니라 스스로의 실체(實體)로서 먼바다를 향해 나아가는 느낌이 된다.

외단이다. 이제는 그 스스로도 그 끝을 짐작하기 어려울 만큼 무한히 확장되어 나가는 외단은 그야말로 괴물이 되어버린 것 같다. 그러나 친숙한 괴물이다. 바로 그 자신의 일부이니까.

그는 아무런 생각도 상념도 없는 무념무상의 상태로 된다. 그리고 망망대해를 헤치며 무작정 앞으로 나아간다.

제9장

—

유희(遊戲)

뜻밖의 애기

부르르.

주머니 속에서 뭔가 떨림을 일으킨다. 꽤나 오랜만이라 설핏 낯설기까지 한 그 진동에 김강한이 몰입에서 깨어난다. 휴대폰이 터진 것이다.

'정 안 되겠다 싶으면 내일 아침에 바리 핸드폰 치소! 내 쏜살같이 배 몰고 올 끼니까! 아 참! 여기가 핸드폰이 잘 안 터지는

덴데, 섬 뒤쪽의 산꼭대기로 가면 잘 터지니까 그래 아소!'

정신을 추스르는 중에 문득 떠오른 말이다. 이 외딴섬에 그를 버려두고(?) 가면서 장덕팔 선장이 남긴 말이다.

"나요, 조 대표!"

휴대폰 저쪽에서 들려오는 굵은 목소리는 이철진의 것이다. 중대한 상황이 있을 경우에만 연락을 취하자고 그에게만 남긴 번호다.

"무슨 일입니까?"

김강한의 그 물음에는 이철진이 설핏 허탈한 느낌의 실소부터 뱉고 나서야 말을 받는다.

"몇 달 만에 듣는 목소리인데 대뜸 그렇게 묻는 건 너무 좀… 삭막한 것 아니오?"

그런 데 대해서는 김강한이 딱히 뭐라고 할 말이 없는데, 이철진이 잠시의 틈을 두고 나서 다시 묻는다.

"그나저나 조 대표는 지금 도대체 어디에 있는 거요?"

"여기… 남해에 있는 섬입니다."

"섬?"

묻고 나서 이철진이 다시금 실소와 함께 재차 묻는다.

"허허! 섬에는 왜 또……?"

김강한이 이번에도 대답할 말이 궁색하여,

"그냥… 머리 좀 식히려고요."

하고는 슬쩍 말을 돌린다.

"재단에는 별일 없습니까?"

"별일이랄 건 없는데……."

말끝을 늘린 이철진이,

"후우!"

전화로도 들릴 만큼의 한숨을 내쉬고는 덧붙인다.

"최 박사 말이오. 조 대표가 보낸 그 양반 때문에 골치를 좀 썩고 있는 중이오."

뜻밖의 얘기다.

성과

최 박사. 최유한 박사에 관한 얘기다.

그때 해안가 절벽에서 추락하는 장면을 실감 나게 연출한 끝에 김강한은 최유한 박사를 이철진에게 보냈다. 딱히 무슨 작정이 있거나 계획이 있던 것은 아니다. 다만 이철진에게는 최유한 박사가 중요한 사람이고 목숨을 노리는 자들이 있다고 했다. 그러니 한동안 그가 다시 말을 할 때까지 안전한 피신처에 머물게 하며 돌봐달라고만 했다. 사실 그런 쪽으로라면 이철진만큼 능력 있는 사람도 없을 것이다. 보통 사람은 생각도 못 할 방법으로 한 몇 년쯤은 너끈히 사람을 숨겨둘 능력을 가진 사람이다.

"최 박사 이 양반이 참 여러 가지 분야에서 사람을 놀라게 할 만큼의 대단한 능력과 재주가 있는 사람임에는 분명해요. 그동안의 짧은 기간에도 우리 재단에서 꼭 필요로 하던 일 몇 가지를 아주 간단하게 해낸 걸 보면 말이오."

이철진은 최유한 박사에게 다른 피신처를 제공한 것이 아니라, 아예 재단 내부에 있도록 한 모양이다.

'혹시 재단까지 위험해지는 건 아닌가?'

김강한이 설핏 그런 걱정이 드나 뒤늦은 걱정일 터다. 이철진에게 무슨 생각이 있어서 그렇게 했으리라고 믿는 수밖에. 어쨌든 최유한 박사가 재단의 보안 체계와 전산 체계의 첨단화를 비롯한 재단에서 긴요하게 필요로 하던 몇 가지의 사안에 대해 능력을 발휘했고, 그 결과 재단에서 애초에 기대한 이상의 성과를 만들어낸 모양이다. 김강한이 이철진에게는 최유한 박사의 내력에 대해서 전혀 언급을 하지 않았다. 아예 그 속사정에 대해서는 알려고도 하지 말라고 했다. 그리고 최유한 박사 스스로도 자신이 어떤 사람이라고 자청하여 떠벌릴 까닭은 전혀 없었을 터. 이철진으로서는 최유한 박사가 간단히 보인 능력에 대해 놀랍고도 감탄스러웠을 법하다.

"그런데 이 양반이 얼마 전부터 허황된 얘기를 하기 시작해

요. 그러더니 이제는 아주 엉뚱한 고집까지 피워대고 있는 중이오."

이철진의 그 말에 대해서는 김강한이 실소부터 흘리고 만다.

"흐흐흐!"

그러나 그것에 대해 이철진이 어떤 시비를 걸기 전에 다시 얼른 공감과 함께 궁금증을 표한다.

"그 양반이 좀 별난 데가 있긴 합니다. 그런데 허황된 얘기는 뭐고 엉뚱한 고집이란 건 또 뭡니까?"

허황된 얘기

이철진이 전하는 최유한 박사의 허황된 얘기는 현대판 보물선에 관한 것이다. 즉 1905년 러일전쟁 당시 울릉도 앞바다에서 침몰한 6,000톤급 러시아 순양함에 관한 얘기이다.

1905년 동해에서 군함 40여 척으로 편성된 러시아 함대가 일본 함대의 기습 공격을 받아 궤멸을 당하는데, 단 한 척의 순양함만이 탈출을 한다. 그러나 블라디보스토크로 퇴각하던 그 순양함은 울릉도 앞바다에서 또다시 일본 함대에 포위를 당하고, 결국 자폭을 택하며 바닷속으로 침몰한다. 그런데 6,000톤급의 그 러시아 순양함에는 금화와 금괴, 골동품 등의 귀중품을 담은, 이른바 보물 상자 5,000여 개가 실려 있었다고 한다. 현재 가치로 환산하면 무려 150조 원에 달하는 엄청난 보화라는데, 그리하여 그것이 일본군에 들어가는 것을 막기 위해서라도 러시아 군인들이 자폭을 택할 수밖에 없었다는 것이다.

그 러시아 순양함, 보물선에 대한 탐사와 인양의 시도는 이미 여러 차례에 걸쳐 있어왔다. 가장 먼저는 1916년에 일본이 인양을 시도했다. 그러나 당시의 기술 수준으로는 수심 삼사백 미터의 심해 바닥에 있는 침몰선을 인양하기는 도저히 불가능했다. 이후 1981년과 1998년에는 우리나라의 기업들에 의한 인양 시도가 있었다. 그중 나중의 시도에서는 바닷속 삼백 미터 깊이의 해저에서 실제로 옛 러시아 순양함으로 추정되는 선체와 대포, 그리고 절단된 돛대 등이 발견되었다. 그 장면은 사진과 동영상으로 촬영되었고, 영상 자료의 분석에서 대포는 1905년 당시 러시아에서 사용되던 함포가 맞으며, 절단된 돛대 또한 러시아제임이 확인되었다. 더불어 울릉도 앞바다 해역에서는 그 러시아 순양함 외에는 그 어떤 외국 전함도 침몰한 기록이 없기 때문에 발견된 그 배가 바로 보물선이라는 추정에 신빙성이 더해졌다. 물론 관련 사진과 동영상 자체가 조작된 것이라는 분석도 있었다. 어쨌거나 이후 심해 바닥에 가라앉은 선체를 인양하는 작업이 시도되었다. 그러나 인양 준비 단계로만 수년간을 끌면서 막대한 비용 소요로 인한 자금 압박을 감당하지 못한 추진 업체가 파산했고, 결국 작업은 중단되고 말았다.

이후로도 보물선에 대한 얘기는 간간이 세상에 회자되었고, 혹간은 그럴듯한 투자계획을 가지고 투자자들을 유인하는 사기가 횡행하기도 했다.

투자 요청

이철진의 얘기로는 최유한 박사가 어느 날 갑자기 보물선의 정확한 위치를 찾았다는 말을 했단다.

박사 자신이 직접 개발한 초소형의 수륙양용 드론 수백 개를 원격조종 하여 울릉도 인근 바다를 정밀 수중 탐사했고, 그 결과 심해 바닥에 묻혀 있는 침몰선의 정확한 위치를 발견했다는 것이다.

그리고 그는 보물선을 인양하겠다며 재단에다 투자를 요청했다.

"재단에서 조금만 투자해 주면 충분히 보물선 인양이 가능합니다. 그리고 인양된 보물에 대해서 나는 다만 그 유효 확보 가치의 10%, 즉 제반의 비용과 감손을 반영한 후에 실질적으로 확보되는 가치의 10%만 가지면 되니 나머지는 전부 재단 소유로 하십시오."

엉뚱한 고집

이철진으로서는 허황된 중에 다시 느닷없는 얘기일 수밖에 없다. 그러나 최유한 박사가 하도 자신이 있어 하기에 그가 조금쯤 알아보기는 했다.

알아본 결과는 역시였다. 이건 문제가 하나둘이 아니었다. 설령 보물선의 정확한 위치를 찾았다는 말이 사실이라고 치더라도 말이다.

우선은 최유한 박사가 재단에 요청하는 바의 '조금만 투자'라는 게 결코 조금만으로 끝날 문제가 아니었다. 즉 심해에 묻힌 6,000톤급의 거대한 선체를 인양하는 데 소요되는 기간과 비용은 여전히 엄청나다. 그리하여 선불리 발을 들였다가는 재단의 가용자산을 다 쏟아 넣고도 끝내 실패를 하고 마는 최악의 상황에 처하게 될 수도 있는 문제인 것이다.

그리고 선체의 인양에 성공을 한다고 해도 문제는 또 있다. 즉 인양한 보물의 가치 기준으로 30%~50%는 나라에 납부, 또는 기부를 해야 한다. 그러니 기대이익이 절반으로 하락하는 것이다. 더욱 좋지 않은 케이스는 러시아에서 보물선의 소유권을 주장하는 경우이다. 실제로 그럴 가능성은 농후하며, 따라서 치열한 국제 분쟁을 예상해야만 하는 것이다. 재주는 곰이 부리고 돈은 되놈이 가져가는 격이다. 막대한 돈과 시간, 노력을 퍼부어서 겨우 건져 올리더라도 자칫 남 좋은 일만 시킬 수 있다는 얘기다.

결론적으로 이 건에 대한 투자가치는 제로다. 투자할 가치가 없는, 아니, 투자가치 마이너스다. 투자했다가는 무조건 망하는, 결코 투자해서는 안 되는 케이스다.

"그런데 조목조목 리스크를 따져서 설명을 해주고, 그런 투자는 도저히 현실성이 없다고 누차 말을 해도 이 양반이 도통 막무가내요. 그러더니 이윽고는 조 대표에게 물어보고 결정하자고, 조 대표까지도 아니라고 하면 그때는 자기도 깨끗하게 단념하겠다고 엉뚱한 고집을 피워대고 있는 중이오."

당장 직접적으로 부딪치지 않는 것

최유한 박사에 대해 김강한이 가지고 있는 인상은 그가 최소한 실없는 사람은 아니라는 것이다. 세상 돌아가는 이치에는 둔할지 몰라도 자신이 하는 일에 대해서만큼은 순수한 열정과 치열하리만치 강한 신념을 갖고 있는 사람이다. 그런 그가 이철진이 질려 할 정도로 '고집'을 피우는 일이라면 거기에는 그럴 만한 어떤 이유가 있을 것이다. 적어도 그가 어떤 나쁜 목적을 가지고서 일부러 거짓말을 하는 건 아닐 것이라는 생각이다.

그러나 김강한이 지금은 자신의 모든 흔적으로부터 도망치듯이 떠나서 이 외딴섬까지 무작정 와 있는 상황이다. 당장 직접적으로 부딪치지 않는 것에 대해서는 신경을 쓰고 싶지가 않다. 더욱이 이철진의 말대로 허황된 얘기와 엉뚱한 고집에까지는 말이다.

"일단 알겠습니다. 그런데 제가 지금은 머리가 좀 복잡해서 다른 일에 신경 쓸 여유가 없네요. 나중에 시간이 되면 최 박사하고 따로 한번 얘기를 해보도록 하죠."

하고 싶은 일을 굳이 미룰 필요는 없다

태양이 어느새 머리 위를 훌쩍 넘어서 서편으로 가 있다. 몇 시간을 꼼짝도 않고 넋을 놓은 채로 바다만 바라보고 있던 모양이다. 그러나 그새 익숙해진 걸까? 여전한 장관으로 눈앞에 펼쳐진 망망대해의 감동과 후련함이 처음과 같진 않다. 김강한의 시선이 새로운 관심거리를 찾아서 움직인다.

그제야 섬의 모습이 한눈에 들어온다. 할배네 집과 옛 마을이 위치한 동쪽의 작은 포구를 제외하곤 사방이 마치 요새처럼 험준한 해안 절벽으로 둘러싸인 형태다. 그런데 그 해안 절벽의 서남쪽으로 뭔가 특별해 보이는 풍경이 하나 보인다. 해안 절벽이 병풍처럼 이어지는 중에 갑자기 움푹 파여 들어가며 이루어진 아주 작은 모래사장인데, 지금 그가 서 있는 산꼭대기에 올라서야만 온전히 발견할 수 있는 광경이지 싶다.

'저곳에 가보고 싶다.'

불쑥 흥미가 생긴다. 혹은 그를 이 외딴섬까지 이끌어 온 충동이 다시금 그를 들쑤시는 것일지도 모르겠다.

'아무도 없는 나 혼자만의 모래사장을 맨발로 거닐며 발가락 사이로 드나드는 모래의 부드러움을 간지럽게 느껴보고 싶다.'

흥미가 되었건 충동이 되었건 어차피 이 외딴섬까지 와 있는 상황에서 하고 싶은 일을 굳이 미룰 필요는 없을 것이다. 그 일이 어떤 것이든.

깃털처럼

산의 서남쪽으로는 등산로는커녕 사람이 다닌 흔적조차 아예 없다. 아래쪽으로 향하는 비탈의 경사는 급하다 못해 위태롭다. 그러나 아찔하기까지 한 경사의 비탈을 온몸으로 버티며 타고 내려가면서도 김강한은 사뭇 여유롭다. 이제는 몸에 온전히 붙은 천공행결의 덕이다.

한참 급경사를 타고 내려가던 중에 한 지점에서 갑자기 비탈이 뚝 끊긴다. 절벽이다. 십여 미터가 훌쩍 넘는 절벽 아래로는 고운 빛깔의 모래사장이 내려다보인다. 방향은 제대로 잡고 내려온 것이다.

십여 미터 정도의 높이는 문제가 아니다. 절벽 아래로 곧장 뛰어내린 그의 몸이 하나의 깃털처럼 부드럽게 허공을 날아내린다. 또한 행결이다.

온전히 그만의 세상

작은 모래사장은 산꼭대기에서 보던 것보다 더욱 아름답다. 그리고 아늑하고 포근하다. 김강한은 해보고 싶던 대로 맨발로 모래사장을 맘껏 거닐어본다.

직접 맞닿아서 보는 바다는, 또한 산꼭대기에서 보던 것과는 사뭇 다른 감흥을 주는 데가 있다. 어제 한 시간이 훌쩍 넘도록 배를 타고 오면서도 실컷 보았고, 또 산꼭대기에서 아침나절 내내 지켜본 바다다. 그러나 지금 섬의 품에 폭 안긴 형상의 이 작고 아늑한 모래사장에서 바로 코앞에 두고 보는 바다는 또 확연히 다르다. 바람에 실려 오는 비릿한 냄새, 철썩이며 밀려와 모래사장을 한껏 적시고는 이내 사라지기를 되풀이하는 파도. 그것들이 만들어내는 정취와 풍경이 생생하다. 뭐랄까? 산 위에서 망망대해를 바라볼 때 마음이 크게 후련해지는 느낌이었다면, 지금 발아래에서 생생하게 출렁이는 바다를 바라보면서는 좀처럼 빠지지 않던 육신 깊숙한 곳의 찌든 때가 비로소 조금씩 닦여지는 듯한 소소한 시원함이랄까? 그런데 그때다.

불쑥!

김강한은 다시금 느닷없는 충동을 느낀다. 그 '소소한 시원함'을 더 크게, 통쾌한 정도로까지 느껴보고 싶은 충동이랄까? 그는 바짓단을 무릎까지 걷어붙인다. 그러고는 성큼 바닷물 속으로 한 걸음을 들어선다. 바닷물이 차갑다. 그러나 밀려왔다가 되돌아 나가는 파도를 따라 쓸려 나가며 발바닥 밑과 발가락 사이를 간질이는 모래알의 싱그러운 감촉이 그를 기분 좋게 만든다.

그는 조금 더 깊이 들어가 본다. 그러자 충동은 문득 확연한 욕망으로 변한다. 두 발만이 아닌, 온몸으로 이 바다를 느끼고 싶다. 이 거대한 바닷속에 온전히 잠기고 싶다. 무릎이 잠긴다. 차가운 냉기가 온몸으로 퍼지는데, 어느샌가 한 가닥의 열기가 온몸을 휘돈다. 그러더니 차가움은 더 이상 느껴지지 않는다. 오히려 시원한 쾌감마저 느껴진다. 그는 조금 더 깊은 곳으로 들어간다. 허벅지가 잠기고, 허리가 잠기고, 이윽고 가슴까지 잠긴다. 몸이 확연히 가벼워진다. 부력이다. 거기에 파도가 만드는 물살의 힘이 더해지며 그의 몸 중심을 간단히 무너뜨려 버린다. 그러나 그것 또한 이내 괜찮아진다. 그의 몸은 순응하고 있다. 부력과 파도, 그 외의 모든 외력과 자극에 대해. 그는 편안함을 느낀다.

문득 뒤를 돌아다보니 그는 어느 틈에 모래사장으로부터 십여 미터나 바다로 나와 있다. 만약 누군가 있어 이미 늦가을로 접어든 계절의 차가운 바닷속으로 옷을 입은 채 걸어 들어가고 있는 그를 본다면 혹시 스스로 생을 마감하려는 것으로 여기지 않을까? 그러나 여기에 '누군가'는 없다. 여긴 지금 오롯이 그 혼자다. 섬의 유일한 주민이자 왕인 할배도 올 수 없는 곳이다. 숙도가 할배의 세상이라고 하지만 여기는, 이 바다는 지금 온전히 그만의 세상이다. 그는 다시 걸음을 내디딘다. 그만의 세상으로 조금 더 깊숙이 들어간다.

공포에 대한 반사작용

쑥!

갑자기 발밑이 허전해지면서 김강한의 몸이 바다 아래로 빨려들어 간다. 순간 바닷물이 코와 입속으로 밀고 들어오고, 당장에 호흡이 막힌다. 그는 당황하고 만다. 설핏 공포가 곤두선다. 그는 수영도 제대로 하지 못하는 처지다.

그러나 공포에 대한 반사작용일까? 한순간 그의 얼굴과 몸

주변으로 하나의 투명한 막이 생성된다.

'아아! 외단이다!'

곧바로 바닷물이 차단되고 숨이 쉬어진다. 이를테면 투명한 잠수복을 입은 셈이랄까? 더하여 마치 산소통을 차고 있는 것과도 같다. 좀 더 자세하게는 수면 위에서부터 그의 주변으로 형성된 투명한 막으로 공기가 유입되고 있는 것이다. 마치 수면 위까지 가늘고 긴 빨대가 연결된 것처럼 말이다.

나른한 생각의 유희

더 이상 공포를 가질 이유가 없어졌다는 데서 안도가 밀려든다. 그리고 그 안도가 주는 여유에 김강한은 잠시 나른한 생각의 유희를 즐겨본다. 외단에 대한 새삼스러운 상상들이다.

외단. 이 기묘한 존재는 이제 그에게 필요한 것이 무엇인지 순간순간 독자적으로 판단하고 실시간으로 제공하는 것만 같다. 마치 무슨 고차원의 인공지능이라도 되는 것처럼 말이다.

'혹시 정말로 살아 있는 존재가 아닐까?'

외단 그것 자체로 생명이 있으면서 그와는 생명 공동체로 묶여 있는 존재, 그래서 만약에 그가 죽게 되면 그것 역시도 소멸되게 되는 존재, 그럼으로써 어떻게든 그가 죽지 않도록

제 모든 역량을 다할 수밖에 없는 존재.

수공(水功)

김강한이 서 있는 곳은 바닷속 암초 지대다. 다양한 형태의 암초에는 이름 모를 해조류가 긴 줄기와 잎들을 너울거리고 있다. 또 그 사이로는 이름 모를 물고기들이 떼 지어 유영하고 있다. 영상이나 사진이 아니라 직접 그 안에 들어와서 보고 있는 그러한 광경은 오히려 낯설고 생경하기까지 하다. 좀 더 앞으로 나아가자 수중 지형이 급변한다. 바닥이 급격하게 가팔라지더니 이윽고는 하나의 거대한 수중 계곡 같은 형상을 이루는데, 그 아래쪽은 얼마나 깊은지 밑바닥이 보이지 않는다.

'내려가 볼까?'

그는 다시금 충동을 느낀다. 그것은 어쩌면 외단의 한계를 시험해 보고 싶은 것일 수도 있다. 지금 기상천외의 효능을 발휘하고 있는 그것이 저 끝이 보이지 않는 깊은 바닷속에서도 능히 그를 지켜줄 수 있을지. 그는 이번에도 충동 그 자체에 충실하기로 한다. 수중 계곡 아래로 몸을 던진다. 그러나 실감 나는 추락은 없다. 오히려 완전히 수중에 떠 있는 상태가 되면서 지금껏 유지해 온 부력을 포함한 외력과의 균형이 일시 흐트러지며 허우적거리는 상황에 빠지고 만다.

그때다. 그의 머릿속으로 떠오르는, 아니, 일방적으로 전이되는 사유(思惟)의 편린이 있다. 뜻을 알 수 없는 수많은 용어와 이상한 의미, 이해. 그러나 그것들은 이내 그가 이해할 수 있는 수준으로 그의 사고 속에서 용해되고 있다. 도무지 믿기 힘든 불가사의다. 그러나 이미 여러 차례 경험해 본 현상이니만큼 이젠 제법 익숙하기도 하다.

수공(水功)이다. 물속에서 운신하는 요령, 즉 수중 공부에 관한 요결. 수공의 요결에는 상당한 내공이 필요하다는 전제가 있다. 그러나 그에게는 그 전제를 충분히 상회할 만큼의 내공이 있다. 이해된 내용을 조심스럽게 실행에 옮기면서 그는 천천히 아래쪽으로 헤엄쳐 내려간다.

상생의 이치

수심 30미터는 진즉에 넘은 것 같다. 40미터쯤이나 될까? 수중 계곡은 도대체 얼마나 깊은 건지 아직도 밑바닥이 보이지 않는다. 수압이 점점 높아지고 있다. 그 느낌은 뭐랄까, 몸이 짓눌린다기보다는 몸 안의 압력이 점점 높아지면서 폐부와 장기는 물론 전신의 핏줄과 신경조직까지를 압박하는 느낌이랄까? 이대로 계속 들어가도 되는 걸까?

그런데 그때다. 수압의 압박이 거세진 데 대한 반응인지 문득 외단이 꿈틀거린다. 아니다. 외단은 진작부터 작용하고 있는 중이니 새로이 반응을 하기 시작한 것은 내단이다. 아니다. 그것도 아니다. 결국은 연결되어 있는 외단과 내단이 서로를 보완하며 수압에 대응하고 있는 것이다.

[외단과 내단은 상생의 이치로 외부의 자극과 충격을 촉매로 삼아 끊임없이 서로를 보완하는 과정을 수행하면서 스스로 강해진다.]

금강부동공의 이치가 새삼스러워지는 순간이다. 그러나 지금 이 순간 김강한은 그러한 이치에 몰입해 들어갈 마음은 되지 않는다. 더 이상 수압이 느껴지지 않으면서 편안해진 중에 그저 느긋하게 바닷속 풍경을 즐기고 싶을 뿐이다.

진품

얼마나 더 내려갔을까? 시야가 점점 어두워지고 있다. 안력을 집중하자 수면으로부터 힘겹게 수심을 뚫고 들어온 미약한 빛의 가닥이 증폭되면서 가시거리가 늘어난다. 그리고 어느 순간, 김강한은 마침내 바닥에 닿는다. 실감되는 수심은 족히 백 미터는 되는 것 같다. 어둡다. 안력을 집중해도 보이는 건 온통 잿빛으로 탁한 물색과 거무튀튀한 바닥뿐이다. 별천지를 기대한 건 아니지만 그래도 뭔가 색다른 풍경이 펼쳐져 있을 거라 상상한 것과는 전혀 달리 황량함만이 가득하다.

그는 다시 수면을 향해 올라간다. 한참 올라가자 다시 시야가 트이면서 내려갈 때는 미처 눈여겨보지 못한 광경들이 펼쳐진다. 기이하게 튀어나오고 들어간 암벽의 형상들이 환상적이다. 절묘하게 갈라진 암벽의 틈새로 크고 작은 물고기들이 떼로 유영하는 광경은 가히 절경이라 할 만하다.

가외의 소득도 챙긴다. 암벽에 붙은 홍합이며 전복, 소라, 해삼이다. 큰 수산시장에서도 좀처럼 구경하기 어려운 크기의 자연산 진품들이 무진장이다. 그런데 그것들을 담아 갈 마땅한 방도가 없는 중에 그가 임기응변을 발휘한다. 외단의 한 자락을 불룩하게 부풀려 망태처럼 만들고 그 안에다 채취한 진품을 잔뜩 담은 것이다. 문득 미소가 지어진다. 아마도 지금껏 누구도 와보지 못했을 깊은 수심의 수중 절벽에서 딴 실한 물건들이니 평생을 바다와 함께 살아온 할배에게도 아마 귀한 진품이지 않을까 혼자 생각을 해보면서다. 그리고 할배의 주름진 얼굴에 그려질 표정을 미리 떠올려 보면서다.

바다에서 나와 다시 모래사장으로 올라서면서 김강한은 기분 좋은 청량감을 느낀다. 마치 전신 안마라도 받고 난 듯이 시원한 느낌이다. 그의 얕은 지식으로도 수심 깊은 곳을 들어갔다 나오면 잠수병 같은 부작용이 있다고 알고 있는데, 그런 징조나 느낌은 전혀 없다.

그는 다시 산꼭대기로 올라가기로 한다. 채취한 진품들의 선도(鮮度)를 위해서는 곧장 할배에게로 가야겠지만, 그것보다 급하게 해야 할 일이 생겼기 때문이다. 그리고 그 일은 산꼭대기로 가야만 할 수 있는 일이다.

아직은

"아까 얼마라고 했습니까?"

김강한이 다짜고짜 묻는 말에 휴대폰 저쪽의 이철진이 의아해 반문한다.

"뭐가 말이오?"

"그 보물선에 실렸다는 보물의 가치 말입니다."

"아! 그게… 말로는 150조쯤 된다고……."

"음! 그럼 일단은 최 박사의 말을 믿어보는 게 어떻겠습니까? 정말 허황되고 턱도 없는 얘기라는 게 확실해지면 그때 가서 포기하더라도 말입니다."

김강한의 그 말에 대해서는 이철진이 잠시 침묵한 다음에야 허탈한 실소로 말을 받는다.

"허허! 그게 무슨 얘기요?"

"그 정도 스케일이면 어느 정도의 손해를 감수하고라도 일단 시도를 해볼 만한 가치가 있는 것 아닌가 해서 말입니다."

김강한의 담담한 대답에 이철진이 다시 잠시간 말이 없더니 문득 차분해진 목소리로 묻는다.

"혹시… 조 대표에게 무슨 계획이라도 있는 거요?"

"훗! 딱히 계획이랄 건 없고… 그냥 지금 크게 바쁜 일도 없고 하니까 우선은 최 박사를 만나서 자세한 얘기부터 한번 들어보려고 합니다."

"아! 그럼 서울로 올라올 거요?"

"아닙니다. 최 박사를 이쪽으로 보내십시오."

"그 양반, 외부에 노출되어서는 안 되는 인물이라고 하지 않았소?"

"예. 그러니까 고문님께서 신경을 좀 써주시고, 쌍피를 딸려 보내세요. 그리고 섬으로 들어오는 배는 제가 마련해 놓을 테니까 쌍피에게는 낚시 도구나 좀 챙겨 오라고 하고요. 아 참, 성능 괜찮은 수중 랜턴도 하나 챙겨 오라고 하십시오. 제일 성능 좋고 방수 빵빵하게 되는 걸로요."

이철진이 잠시 후에야 힘 빠진 듯한 웃음소리와 목소리로 말을 받는다.

"허허허! 알겠소. 조 대표 하라는 대로 하지요."

그런 이철진에게서는 대책 없다는 포기와 마지못한 수긍의 느낌이 강하다. 그리고 그가 다시 말을 보탠다.

"그런데 그건 그렇고, 조 대표는 언제 한번 올 테요? 초희 씨가 내내 가라앉아 있는 것 같아서 옆에서 지켜보기가 영 안쓰러울 지경인데……."

이번에는 김강한이 잠시 마음 아린 침묵을 하고 나서야 말을 받는다.

"아직은… 조금 더 시간이 필요할 것 같습니다."

지독한 이기(利己)

이철진과의 통화 후. 김강한은 문득 목이 타는 듯한 갈증을 느낀다. 진초희! 그녀에 대한 갈증이다. 목소리라도 듣고 싶은 생각이 간절하다. 그러나 뭐라고 할 건가? 아무 말도 없이 무작정 떠나온 처지에 말이다. 돌이켜 보면, 참으로 무책임하고 잔인한 짓이었다.

'구차스러운 변명이나 핑계를 대기보다는, 차라리 조용히 사라지는 쪽이 그녀에게도 오히려 덜 불편하리라 생각했다고?'

'어쩔 수 없이 하는 선택임을 그녀가 깊이 이해해 주기를 바랐다고?'

'모든 위협과 그 근원들까지를 모두 제거하고, 마치 아무 일도 없었다는 듯이 다시 그녀의 곁으로 돌아올 것을 의심 없이 믿어주기를 바랐다고?'

그러나 그런 것들이 어떻게 그녀를 위한 생각이고 바람이었을까? 오로지 그 스스로의 입장만을 위한 것이었을 뿐이다. 지독한 이기(利己)였을 뿐이다.

다만 약속해요!

휴대폰 키패드의 숫자를 하나하나 누를 때마다, 김강한은 치열한 갈등을 거듭한다. 그러면서도 이윽고는 숫자 전부를 다 누르고 만다. 그녀의 휴대폰 번호다.

뚜루루~룩!

뚜루루~룩!

신호가 몇 차례나 가는데도 그녀는 전화를 받지 않는다.

'번호를 바꾼 걸까? 낯선 번호여서일까?'

초조함과 함께 그의 마음속에 다시금 갈등이 치열해진다. 그녀가 전화를 받기를 바라는 마음과, 차라리 받지 않기를 바라는 마음의 충돌이다. 그때다.

"여보세요?"

그녀다. 그 짧은 한마디의 목소리만으로도 확연히 그녀다.

'끊을까? 받을까?'

찰나간 수십, 수백 번의 번복을 다시 겪고 나서야, 그가 겨우 목소리를 낸다.

"나야……!"

"……."

그녀가 침묵한다. 그 짧은 한마디의 목소리만으로는 그인 줄 미처 알아채지 못한 걸까? 그래서 수상한 전화라도 되는 줄 알고 끊어버릴까 말까 고민하고 있는 걸까? 아님, 그인 줄은 대번에 알아챘지만, 방금 그가 그랬던 것처럼 숱한 갈등과 번복을 겪고 있는 걸까? 그러다 잠시가 더 지났을 때 그녀가 문득

"흑……!"

하고 나직이 울먹이는 소리를 전해 온다.

'아……!'

그의 가슴이 철렁하고 만다. 그러나 뭐라고 말을 해야 할지 머릿속이 하얗게 변하고 마는데, 그녀가 다시

"당신… 괜찮은 거죠……?"

하고 가늘게 떨리는 목소리를 내고 있다. 그런 데는 그가 택할 수 있는 건 한마디뿐이다.

"미안해……!"

"……."

그녀가 다시 침묵한다. 그도 더는 아무 말도 할 수가 없다. 한참 동안이나 이어지던 침묵을 먼저 깬 건 그녀다.

"거긴 어딘가요? 여기서 먼가요?"

그녀의 목소리가 한결 차분하다.

"응……!"

"그럼 지금 올 수는 없겠네요."

"응……!"

"……."

다시 잠깐의 침묵을 지키더니 그녀가 문득 묻는다.

"당신이 떠난 건… 나 때문이었나요?"

짐짓 담담한 투이지만, 그녀의 그 말에서는 복잡한 감정들이 느껴진다. 의혹과 원망과 자책과…….

"아니!"

외치듯이 하고 나서, 그가 다시 단숨에 말을 이어낸다.

"나 때문이야. 나 때문에 당신과, 또 모두가 위험해질 수도 있어서야."

"……."

그녀의 다시금의 침묵에, 그가 참지 못하고서

"아직은 자세한 얘기를 하기 어렵지만, 난……."

하고 대중없이 얘기를 이어가려 할 때다.

"됐어요!"

가만히 가로막은 그녀가, 다시 잔잔하게 잇는다.

"나 때문이 아닌 것만으로 충분해요."

그가 뭐라고 할 것인가? 그저 그녀의 다음 말을 기다리고만 있는데.

"언제 돌아올 거죠?"

그녀가 문득 묻고 있다.

"아직은……!"

그렇게 뱉어놓고, 그는 곧바로 덧붙이지 않을 수 없다.

"미안해……! 그렇지만 당신이 정말로 나를 필요로 하는 일이 생긴다면… 그게 언제라도, 그곳이 어디라도… 그 어떤 방법을 써서라도… 난 반드시 당신 옆에 있을 거야."

차라리 고백이다. 그의 모든 진심을 담아서 하는! 그녀는 잠시 말이 없더니, 문득.

"훗!"

하고 가벼운 웃음소리를 뱉는다. 그러곤 그가 의문을 가지기 전에 얼른 덧붙인다.

"그렇다면 난 아껴야겠네요. 당신이 정말로 필요해지는 그 때를! 그래야 당신에게 내가 더 소중해질 테니까요."

이어 그녀는 다시,

"호호호!"

하고 짐짓 밝게 웃고는, 말을 보탠다.

"다만 약속해요! 내가 정말로 당신을 필요로 할 때, 내가 정말로 참지 못하고 당신을 원할 때, 그게 언제라도, 그곳이 어디라도, 그 어떤 방법을 써서라도, 반드시 내게로 달려오기 위해서… 절대 아프지 않고, 절대 다치지도 않겠다고!"

그가 가슴이 벅차올라 당장에는 뭐라고 대답을 하지 못하는데, 그녀가 재차 대답을 요구한다.

"약속해요! 그렇게 하겠다고!"

"물론이야……!"

그가 겨우 그 말밖에는 하지 못한다. 고맙다고! 사랑한다고! 수십, 수백 번이라도 말해주고 싶지만, 그런 걸 말로 해서는 그의 마음을 다 담을 자신이 없어서다.

제10장

—

보물

알 수 없는 노릇

아침을 먹자마자 김강한이 집을 나설 채비를 하는데 할배가 시큰둥하니 묻는다.

"어데 갈라꼬?"

"산에 좀 갔다 오려고요."

"허허! 산꼭대기에다가 꿀 발라놓고 왔나 보제?"

"예?"

"아니, 어제 한 번 갔다 왔으면 됐제, 거 머가 있다고 아침

바람부터 또 갈라카노 이 말이다."

"아, 예. 경치가 참 좋던데요?"

"허허! 한 번 좋았다꼬 자꾸 좋을 성싶나?"

"예?"

"보이는 건 바다밖에 없는데 자꾸 봐봤자 가심만 휑해진다 이 말이다."

"아… 예."

김강한이 마지못해 고개를 끄덕이면서도 내심으로는 쓴웃음을 지을 수밖에 없다. 언제는 '집구석에만 틀어박혀 있으면 생각만 더 복잡하니까 정 할 일이 없거든 산에나 한번 올라가 보라'고 하더니 오늘은 또 스스로 산에 가겠다고 나서는 사람한테 뭐가 그렇게 못마땅한 건지 도무지 알 수가 없는 노릇이다. 새파랗게 젊은 놈이 이런 외딴섬에 들어와서 빈둥대고만 있으니 이래도 저래도 다 마음에 차지 않는다는 것일까?

"금방 갔다 오겠습니다!"

고개를 숙여 보이고는 얼른 집을 나서는 김강한의 등 뒤로 할배의 혀 차는 소리가 달라붙는다.

"끌끌."

휴대폰이 터져야

김강한이 아침 바람에 다시 산으로 가는 까닭은 최유한 박사와 쌍피가 올 것 같아서이다.

최유한 박사의 올곧다 못해 고집스럽기까지 한 성품이나 이모저모 따지기보다는 정면으로 부딪치는 쌍피의 성정으로 보아서 그가 오라고 한 소리를 듣고서는 곧바로 채비를 하고 출발했을 것이다.

그리고 어쩌면 밤새 남해까지 달려와 지금쯤은 그가 알려준 대로 장덕팔 선장과 연락이 되어서 벌써 승리호를 탔을지도 모를 일이다.

어쨌든 산 아래서는 돌아가는 사정을 알 수가 없으니 휴대폰이 터지는 산꼭대기로 올라가야만 하는 것이다.

반가움

먼바다 위로 배 한 척이 나타난다. 아직은 그저 바다 위에 떠 있는 작은 점처럼 보이지만, 이미 쌍피와 통화를 했거니와 숙도를 향해 선명하게 가까워지는 항로를 가질 배는 승리호밖에 없다.

뒤꽁무니로 하얀 포말을 만들며 가까워져 오는 승리호가 이틀 전보다는 한결 커 보인다는 점에서 김강한은 가볍게 실소를 머금는다.

'한 번에 30명도 탈 수 있는 8톤짜리 배.'

장덕팔 선장이 한 그 말이 그저 뻥은 아닌 모양이라는 생각을 새삼 떠올려 보면서다.

이윽고 배 갑판에 나와 있는 두 사람의 형체까지 식별이 된다. 김강한이 안력을 높여 그 둘이 바로 쌍피와 최유한 박사임을 확인하고는 저도 모르게 싱긋 미소가 지어진다. 반가움이다.

저절로 들뜨는 마음을 추스르기 위해서라도 김강한은 일부러 천천한 발걸음으로 산을 내려간다. 그들보다 먼저 포구에 나가 가다리기보다는 딱 맞추어서 짐짓 무덤덤한 시늉으로 맞아줄 생각이다.

무성의한 해후

최유한 박사도 쌍피도 각기 사정은 다르지만 어쨌든 김강한과는 서로에게, 혹은 한쪽에게 목숨을 맡겼던 사이다. 얼마나 오래된 사이인지에 무관하게 남자들 사이에 있어서 그것보다 더 진한 관계가 있을 수 있을까?

최유한 박사는 잠시 만감이 교차하는 기색이더니 선뜻 손을 내민다. 김강한이 담담히 웃으며 그 손을 잡는다. 그리고 둘은 맞잡은 손에 지그시 힘을 주는 것으로 서로의 반가움을 교감한다.

이어 한 걸음 뒤에 서 있는 쌍피에게 시선을 준 김강한은 피식 실소하고 만다. 그와 시선을 마주치고도 쌍피는 무표정인 채로 그냥 가만히 서 있다. 죽어도(?) 수동적이겠다는 건가? 자신이 먼저는 절대로 아는 척도 하지 않겠다는 건가? 김강한이 짐짓 아무렇지도 않은 듯이 가볍게 손을 내민다. 주먹을 쥔 채다. 그제야 쌍피가 역시나 무덤덤한 채로 주먹 쥔 손을 내민다. 그러나 그게 전부다. 로봇이기라도 한 듯이 그런 채로 또 가만히 있는 쌍피에게 김강한이 가볍게 주먹을 부딪치곤 손을 거둔다.

최유한 박사는 설핏 의아한 심정이다. 쌍피와 김강한이 어떤 사이인지, 얼마나 가까운 관계인지 그가 자세히는 알지 못한다. 다만 재단에서 지내며 들은 바로는 그들이 한식구나 마찬가지의 사이라고 했다. 그러나 그렇다고 하기에 지금 꽤나 오랜만에 해후한다는 두 사람의 모습은 지나칠 정도로 무성의해 보이지 않는가? 설령 처음 보는 사이일지라도 저들보다는 좀 더 성의 있게 반가움을 표시할 듯하다. 예의상에라도 말이다.

곱지 않은 대가?

“한가롭게 낚시나 하려고 이 외딴섬까지 한달음에 달려온 게 아닙니다!”

최유한 박사의 목소리에 힘이 들어간다. 쌍피의 시선이 설핏 김강한을 훑는다. 김강한의 성격을 누구보다 잘 안다고 할 수 있는 그가 보기에 지금 최유한 박사의 저런 식의 태도는 상당히 위험한 것이다. 그가 아는 한 지금까지 누군가 김강한에게 저런 태도를 보이고도 곱게 넘어간 적은 없다. 아니나 다를까? 김강한이 가볍게 미간을 좁힌다. 그러나 뜻밖에도 그것뿐이다. 그는 이내 미간을 펼뿐더러 가볍게 한숨까지 내쉰다. 그런 모습에서 쌍피는 김강한이 최유한 박사에게 어떤 '곱지 않은 대가'를 치르게 할 의지까지는 없다는 걸 직감한다.

하긴 쌍피는 자세히 알지 못한다. 김강한과 최유한 박사 사이에 어떤 일이 있었는지. 그리하여 김강한이 최유한 박사를 어떻게 생각하는지. 최유한 박사가 보통 사람과는 상당히 다른 사뭇 독특한 유형의 사람이며, 더욱이 자신의 신념을 지키기 위해서는 목숨마저도 걸 수 있는 사람이라는 평가를 했다는 사실을. 그럼으로써 여태껏 사뭇 거리낌 없이 주변의 사람들을 대해온 김강한으로서도 최유한 박사만큼은 내키는 대로 다룰 수 있는 그런 사람이 아니라고 판단한 바 있다는 사실을.

"한가롭게 낚시나 하려는 건 아니니까 일단 가면서 얘기하시죠."

김강한이 조금은 불퉁한 체 뱉는다. 그러나 역시 그게 끝이다. 그는 그저 성큼 앞서 걸어가 버린다. 오히려 잔뜩 인상을 찡그린 것은 최유한 박사다. 쌍피가 얼른 김강한의 뒤를 따라붙는다. 혹시라도 최유한 박사에게서 투덜거리는 말이라도 튀어나올 것에 대해 미연에 방벽을 친다는 심정에서일까? 그런 쌍피의 뒤를 다시 최유한 박사가 마지못한 듯이 따른다.

물골

김강한이 가볍게 올라선 것은 작은 포구를 꽉 채우며 상대적으로 당당한 위용을 뽐내고 있는 승리호가 아니다. 뗀마. 할배가 그렇게 부르는 작은 목선인데, 노를 저어 움직이는 무동력선이다.

노를 젓는 할배의 여윈 팔뚝에 오랜만에 굵은 힘줄이 불끈거린다. 그럴 때마다 뗀마는 힘겨운 소리를 뱉어내면서도 쑥쑥 물살을 헤치고 앞으로 나아간다.

삐걱! 삐이걱!

그렇다고 할배가 무리를 할 것까지는 없다. 포구에서 기껏 오십 미터 남짓 떨어진 곳이 그들의 목표 지점이기 때문이다.

이윽고 도착한 그곳에는 다 낡아서 을씨년스럽게까지 보이는 바지선이 하나 떠 있다. 과거 숙도 주민들이 전복 양식을 할 때 쓰던 것이다.

우드득!

할배가 뗀마를 붙이고 바지선에 한 발을 올리자 바지선의 나무 바닥이 금방이라도 부서져 내릴 듯이 위태로운 소리를 낸다.

"아무리 돈이 썩어나가 주체를 몬 해도 그렇제, 비싸게 주고 빌린 낚싯배를 고이 모셔두고서 이기 도대체 무신 짓거린지 내는 당최 모르겄다."

할배가 혼잣말인 듯이 구시렁거린다. 그러곤 힐끗 건너편 포구의 승리호 갑판에 나와 서 있는 장덕팔 선장에게로 곱지 않은 눈길을 한 번 주고는 다시 구시렁거림을 이어간다.

"우쨌거나 저누마만 좋기 생긴네. 배를 놀리건 말건 돈은 시간맨큼 딱딱 다 쳐서 받을 꺼 아인가. 하기사… 그것도 지 재주겄제."

그러더니 할배는 또 김강한을 향해서 버럭 목소리를 높인다.

"우짜든가 조심들 해라! 요 아래쪽으로 커다란 물골이 지나간다 아이가? 겉으로 보기사 물살이 요래 잔잔해 보이도 물속에는 엄청시리 쎈 기라!"

"물골이요?"

김강한이 가볍게 묻자 할배의 이마 주름이 설핏 깊어진다.

"내도 옛날 어른들한테 들은 얘기라! 요 부근 바다 밑으로 좁고 긴 골짜기가 지나가는 자리가 있는데, 기중 어떤 데는 천 길 낭떠러지 맨치로 깊다 카더라! 그래 가꼬 이 근처 물속 물살이 유달시리 센 거 아이겠나? 그라이께로 내 말은 섬에서 가찹다고 만만하게 보지 말아라 이기다! 괜히 술 한잔 묵고 헤롱거리다가 바다에 빠지기라도 하모 자칫 큰일 나는 수가 있다 이 말이다! 알겄나?"

"예, 조심하겠습니다!"

삐걱! 삐이걱!

할배의 뗀마가 포구로 돌아가면서 노 젓는 소리가 멀어져 간다.

고작 30%

쌍피가 낚싯대를 바다에 담그고 있다. 낚시를 하러 나온 상황에 충실한 모습이다. 그에 반해 최유한 박사는 아예 낚싯대를 꺼낼 생각조차 안 하고 있다. 그렇다고 김강한에게 말을 걸 의지도 생기지 않는 모양이다. 바지선 가장자리에 걸터앉은 채 그저 망연히 발아래서 찰랑거리는 바다만 응시하고 있다. 그런 최유한 박사의 옆으로 김강한이 다가간다. 그리고 슬쩍 옆자리를 차지하고 앉으며 말을 건넨다.

"그거 확실한 겁니까?"

"뭐가 말입니까?"

"보물선 얘기 말입니다."

시큰둥하던 최유한 박사의 눈빛에 반짝하고 생기가 돈다. 김강한이 짐짓 미간을 좁히며 덧붙인다.

"그런데 얘기를 들어보니까 그게 문제가 좀 많다고 하던데요?"

"문제가 많지요. 수심 삼백 미터 이상을 넘나드는 심해에 묻힌 거대한 선체를 인양하는 일입니다. 당연히 문제가 많을 수밖에 없지요."

최유한 박사의 목소리에서 대번에 열기가 감돈다. 그리고 미리 준비라도 한 듯이 그의 말이 사뭇 명쾌하게 이어진다.

"전문 장비를 갖춘 특수 발굴선도 확보해야 하고, 또 고도의 전문 능력을 갖춘 심해잠수사들을 포함한 대규모의 발굴 작업 팀도 구성해야 하고… 그런 준비를 갖추는 데만도 상당한 비용과 시간이 소요될 겁니다."

"잘은 모르겠지만… 그런 문제들이야 뭐, 어쨌든 돈과 시간만 투자하면 해결되는 것들 아닙니까?"

"예. 그래서 재단에 투자를 요청한 것입니다."

"그런데 제가 문제라고 생각하는 것은 다른 측면입니다."

"어떤……?"

"막상 선체 인양에 성공한다고 해도 문제가 또 있다고 하더군요. 이를테면 발굴한 보물의 절반 정도가 나라에 귀속되는 문제라든지, 또 러시아와 국제적인 소유권 분쟁이 있을 수 있다든지… 그러니까 실컷 고생해서 보물을 캐내고도 자칫 남 좋은 일만 시키는 꼴이 될 수도 있다는 거지요."

김강한의 그 말에 대해서는 최유한 박사가 고개를 끄덕이며,

"그렇습니다. 그런 문제와 우려가 있는 건 사실입니다."

하고 순순히 수긍하고는, 이어 차분하게 자신의 의견을 개진한다.

"그러나 이미 법리적으로 충분히 검토를 마쳤거니와 국제법이든 국내법이든 유사 사례로 보든 가장 좋지 않은 케이스를 가정하더라도 최소한 30% 이상은 발굴자가 소유할 수 있습니다."

"고작 30%라고요?"

김강한의 영 마뜩지 않다는 반응에 최유한 박사의 목소리에 힘이 들어간다.

"고작 30%가 아닙니다! 30%면 50조 원입니다! 가히 천문학적 금액입니다! 그 정도면 충분히 투자할 만하지 않습니까?"

그러나 김강한이 간단히 고개를 가로젓는다.

"최 박사께서는 그걸로 충분할지 몰라도 전 그렇지 않습니다."

순간 최유한 박사가 두 눈을 크게 뜨고 만다.

결국은 안 하겠다는 것 아닙니까?

"전 원래 조금이라도 손해 보고는 못 사는 성질입니다. 아니, 돈 들이고 시간 들이고 고생까지 한 사람이 다 가져야지, 왜 아무 힘도 쓰지 않은 남과 나눠 가져야 합니까? 어쨌든… 만약에 말입니다. 우리가 일단 그 일을 하기로 한다면 무엇을, 또 얼마만큼을 건져 올리든 간에 그것 전부는 오롯이 우리의 것이 되어야 합니다."

김강한의 그 말에는 최유한 박사의 얼굴이 딱딱하게 굳고 만다.

"그건 현실적으로 결코 가능하지 않은 얘깁니다! 그러니까 지금 뭡니까? 결국은 투자를 하지 않겠다는 얘기를 이런 식으로 하는 겁니까? 허허! 그럴 거면서 굳이 사람을 여기까지 부른 건 또 뭡니까? 이렇게 번거롭지 않아도 괜찮을 텐데요? 당신이 싫다고 하면 깨끗이 포기하겠다고 미리 얘기를 했는데, 혹시 전달이 안 되었던가요?"

그러나 김강한이 오히려 가볍게 미소를 떠올리며 짐짓 느긋한 투로 반문한다.

"누가 투자를 하지 않겠답니까?"

"불가능한 전제를 다는 건 결국 안 하겠다는 것 아닙니까?"

김강한이 담담히 최유한 박사와 시선을 맞춘다.

"번거롭게 박사님을 이곳까지 오시라고 한 건 보물선과 관련해서 나름으로 생각해 본 계획이 있어서입니다. 그걸 함께 의논해 보자고 했던 건데, 얘기를 제대로 들어보지도 않고 그렇게 단정을 해버리시니 당황스럽군요."

"으음!"

최유한 박사가 깊은 침음을 뱉어낸다. 그리고 마음을 추스르는 듯이 잠시 틈을 두고 나서는 가볍게 고개를 숙인다.

"미안합니다. 제가 너무 성급했습니다."

지금 말장난하자는 겁니까?

"아무도 모르게 한다면……?"

김강한이 불쑥 꺼낸 말에 대해 최유한 박사가 노려보듯이 잠시 시선을 마주치고 나서야 힘없는 투로 말을 받는다.

"아무도 모르게요? 예, 그럴 수만 있다면야……."

그런 최유한 박사의 입가로 씁쓰름한 고소가 떠오른다. 잠깐이나마 가져본 일말의 기대마저 무너진 데 대한 실망일 것이다. 김강한이 힐끗 시선을 돌려 쌍피를 본다. 쌍피도 마침 이쪽을 보고 있던 중에 김강한과 시선이 마주치자 슬쩍 눈길을 피해 버린다. 그런 모습에 김강한이 희미하게 실소하고 나서 다시금 최유한 박사를 향하며 짐짓 목소리를 낮춘다.

"아무도 모르게, 아무도 눈치채지 못하게 조용히 건져내는 겁니다. 특수 발굴선도 띄우지 않고, 발굴 작업 팀도 동원하지 않고 그냥 우리끼리 조용히 말입니다."

"허허!"

최유한 박사가 이윽고는 실소를 흘려내더니 사뭇 짜증스럽기까지 한 투가 되고 만다.

"우리끼리 조용히 하자고요? 발굴선도 없이, 작업 팀도 없이 우리끼리요? 어떻게요? 도대체 어떻게 말입니까?"

그러나 김강한이 개의치 않고 누가 들을 것을 저어라도 하는 양으로 더욱 목소리를 낮춘다.

"그러니까… 제가 직접 잠수를 해서 보물을 건져 올려볼 생각인데 말입니다."

"허허허!"

최유한 박사가 다시금 허탈한 실소를 흘리고 만다. 그리고 이어지는 그의 목소리에 차갑게 날이 선다.

"지금 말장난하자는 겁니까? 심해가 어떤 곳인지 알기나 하고서 그런 말도 안 되는 소리를 하는 겁니까?"

이쯤 되면 거의 호통이다.

이렇게 비상식적인 사람들과는

"휴우!"

길게 한숨을 내쉬는 것으로 화를 추스른 듯 최유한 박사가 다시 차분해진다.

"일반인이 스쿠버 장비를 구비하고도 들어갈 수 있는 수심의 한계는 30미터 정도에 불과합니다. 왜냐하면 생리학적으로 수심 30미터를 넘어가면 압력이 높아져서 몸속의 산소와 질소가 배출되지 못하고 쌓이게 되는데, 이 농도가 짙어지면 몸속의 미세혈관이 터져 조직이 손상되고, 또 쇼크로 수중에서 정신을 잃게 되면 사망으로 이어질 수 있기 때문입니다. 수심 30미터에서 그런데, 수심이 3백 미터에 달하는 심해에서는 어떻겠습니까? 상상을 초월하는 엄청난 압력과 차가운 어둠만이 존재하는 곳입니다. 그런 곳에서의 작업은 포화 잠수로만 가능합니다."

감정 섞인 비난이 아닌, 과학적인 논리를 날카롭게 들이댄다. 그런 최유한 박사의 설명에서는 그가 사전에 많은 검토를 했음을 짐작할 수 있기에 김강한 또한 진지하게 궁금한 것을 묻는다.

"포화 잠수란 건 어떤 겁니까?"

"잠수부 체내의 불활성기체를 포화시킴으로써 수압에 따른

기체 중독 등 심해잠수에 따른 문제점을 해결한 잠수 방법입니다."

"어렵네요."

"간단히 말하자면, 선상에서 압력 조정이 가능한 챔버 안에 잠수부를 들어가게 하고 서서히 가압을 하면서 몸의 상태를 원하는 수압 수준까지 포화시키는 겁니다. 그런 후에 그 챔버와 동일한 압력이 유지되면서 잠수부가 출입할 수 있는 잠수정에다 잠수부를 태워서 심해로 내려보냅니다. 심해에서 잠수부는 잠수정과 외부를 오가며 작업하는데, 잠수정에서 휴식을 병행할 수 있으니 수상으로 올라오지 않고 상당 시간 작업을 지속할 수 있습니다. 그리고 작업을 다 마친 잠수부는 다시 잠수정을 타고 수면으로 올라와 선상의 챔버로 들어가고, 그 내부에서 충분한 시간 동안 서서히 감압을 하면서 원래의 대기압으로 회복하는 과정을 거칩니다. 그러한 과정은 많은 비용이 드는 것은 물론 과정과 절차가 몹시 까다로워서 오랜 기간 호흡을 맞춰온 심해 잠수 전문가 팀에 의해서만 실행이 가능합니다."

"그래요?"

김강한의 짧은 반응에 가볍게나마 의혹이 담긴다. 이어 그가 짐짓 혼잣말인 양으로 슬쩍 말을 보탠다.

"사실은 저도 잠수를 한번 해봤는데… 뭐, 한 100미터 정도까지는 그냥 맨몸으로 내려갔다 와도 별문제가 없던데? 300미터는 또 다르려나?"

최유한 박사가 이제는 별로 대수로울 것도 없다는 듯이 쓴 웃음을 머금으며 성의 없이 반문한다.

"수심 100미터를 맨몸으로 산소통도 없이 말입니까?"

"예!"

김강한이 오히려 분명하게 확인해 준다. 그런 데 대해 최유한 박사가 한숨을 내쉬더니 힐끗 쌍피 쪽으로 시선을 주며 묻는다.

"당신은 믿어집니까?"

갑작스러운 질문이다. 그러나 쌍피는 별로 당황하는 기색도 없이 간단히 고개를 끄덕인다. 최유한 박사가 이윽고는 절레절레 고개를 흔들고 만다. 그러곤 아예 고개를 돌려서는 두 사람 모두를 외면해 버린다. 이렇게 비상식적인 사람들과는 더 이상 대화를 하지 않겠다는 것이리라.

이거 좋은 거 맞아?

"제가 마술을 부릴 줄 안다는 사실을 잊었습니까?"

김강한이 슬쩍 뱉는 말에 외면하고 있던 최유한 박사의 시선이 대번에 돌아온다. 김강한이 빙긋이 웃으며 덧붙인다.

"직접 한번 시범을 보여드릴까요?"

그러곤 최유한 박사의 대답을 들을 것도 없이 김강한이 쌍피를 향해 손을 내민다.

"그거 가져왔어? 랜턴!"

"예, 대표님!"

쌍피가 얼른 자신의 배낭을 열어 좁고 기다란 종이 박스 하나를 꺼낸다. 그리고 종이 박스를 열자 그 안에서 검은색의 원통형 랜턴이 하나 나온다. 김강한이 그것을 건네받아 잠시 살펴보고는 불쑥 묻는다.

"이거 좋은 거 맞아?"

"예. 지금까지 나와 있는 제품 중에서는 최고의 성능을 가진 물건이랍니다."

"그래? 오케이! 그럼 됐어!"

대표님께서 기다리라고 하셨습니다!

최유한 박사는 바지선의 가장자리에 선 채로 허리를 굽혀 뚫어져라 수면을 바라보고 있다. 그런 그의 모습에서는 잔뜩 증폭된 불안이 비친다. 그 곁에 선 쌍피 역시도 본래의 무표정을 찾을 수 없이 딱딱하게 굳은 얼굴이다.

"이제라도 119에 신고합시다."

최유한 박사의 목소리가 초조하다. 그러나 쌍피는 단호하게 고개를 가로젓는다.

"안 됩니다!"

"물속에 들어간 지 벌써 삼십 분이 다 되어갑니다. 설마 사람이 물속에서 그렇게 오래 버틸 수 있다고 생각하는 건 아니겠지요?"

"아닙니다!"

"그런데 왜 자꾸 신고를 안 하겠다는 겁니까?"

"대표님께서 기다리라고 하셨습니다!"

여전히 분명하고도 단호한 쌍피의 대답에 최유한 박사는 차라리 입을 꽉 다물고 만다.

정말 마술처럼?

최유한 박사가 겪어본 바로 쌍피라는 이상한 이름으로 불리는 이 사내는 결코 무디거나 맹목적인 유형의 사람이 아니다. 긴 시간을 함께해 본 것은 아니지만, 그가 보기엔 오히려 철저히 냉정하고 날카로운 판단력을 지닌 사람이다. 더욱이 자신의 그러한 점을 밖으로 드러내지 않는 냉철한 성품의 소유자다.

그런데 지금 쌍피가 보이고 있는 행태는 아주 무작정이고 철저히 맹목적이라고밖에 할 수 없다. 쌍피의 그러한 돌변은 김강한이라는 사람 때문이라고 할 수밖에 없겠다. 김강한이라는 사람이 쌍피를 그렇게 만들어 버린 것이다. 철저히 합리적이고 논리적인 최유한 박사 자신을 아주 무기력하고도 비논리적으로 만들어 버린 것처럼.

'김강한이라는 사람은 어쩌면 정말로 이상한 힘을 지닌 것일까? 정말 마술처럼?'

불안과 자포자기 너머로 차라리 한 가닥의 기대가 생긴다. 결코 논리적일 수 없는, 묘하고도 맹목적인 기대다.

아직 한 마리도 못 잡은 거야?

수면에 부글거리는 포말이 일더니 사람 머리 하나가 불쑥 치솟아 오른다.

"푸아아!"

바로 김강한이다.

"아!"

"대표님!"

최유한 박사와 쌍피가 제각기의 걱정이 담긴 소리를 토해낸다. 그러나 그런 걱정을 일부러 모르는 체하는 건지 김강한이 쌍피를 향해,

"뭐 좀 잡았어?"

하고 무덤덤한 투로 묻더니 주변을 둘러보고는 이내 타박이다.

"에이, 뭐야? 아직 한 마리도 못 잡은 거야? 회 맛 좀 보나 했더니 영 글렀잖아?"

그런 김강한에 대해서는 쌍피가 억울한 심정이 되지 않을 수 없다. 지난 삼십여 분간 그가 어디 한가롭게 낚시나 하고 있을 상황이었는가? 그때다.

"자, 이거 넣고 라면이라도 좀 끓여봐."

김강한이 작은 망태 하나를 불쑥 내민다. 그 속에는 제법 커다란 문어 한 마리가 꿈틀대고 있는 것 외에도 실한 전복이며 해삼, 소라 등이 불룩하게 들어 있다.

아니, 배 부르라고!

쌍피가 물을 끓이고 해삼이며 전복 등을 손질하느라 분주하다.

그런 중에 김강한이 최유한 박사에게 슬쩍 손바닥을 내밀어 보이는데, 그 위에 어린아이 손바닥 반 정도 크기의 별 모양 불가사리 한 마리가 놓여 있다.

"할배 말씀이 맞더라고요. 잠수해서 앞쪽으로 조금 나가자 거대한 수중 절벽이 나오는데, 깊은 데는 한 100미터는 족히 되겠던데요? 바닥은 어둡기만 하고 아무것도 없이 썰렁한데, 그래도 이게 한 마리 있기에 잡아 가지고 와봤습니다."

그러나 최유한 박사가 내내 두 눈만 크게 뜨고 있는 데 대해 김강한이 쥐고 있던 불가사리를 바지선 나무 바닥에다 툭 털어버리고는 짐짓 툴툴거린다.

"왜요? 또 불가능하다는 겁니까? 그래서 여전히 못 믿겠다고요? 뭐, 맘대로 하세요! 믿거나 말거나!"

그러곤 김강한이 최유한 박사가 뭐라고 하기도 전에 한참 문어 손질에 바쁜 쌍피를 손짓해 부른다.

"이봐, 당신!"

"예, 대표님!"

쌍피가 하던 일을 멈추고 즉각 달려온다.

"배 불러!"

"예? 그게 무슨……? 방금 라면 끓이라고 하셔놓고는 갑자기 배가 부르다고 하시면……?"

사뭇 난감하다는 쌍피의 표정에 김강한이 인상을 확 쓰고 만다.

"아니, 배 부르라고! 당신들이 타고 온 낚싯배 말이야!"

"아……!"

어데까지라도 가보입시다, 마!

“이 배로 울릉도까지 갈 수 있습니까?”

김강한의 뜬금없는 물음에 농담으로 들었는지 장덕팔 선장이 빙글거리며 대답한다.

“뭐, 배가 바다를 가는 기야 당연한 노릇이니 기름만 가득 채우면야 울릉도 아이라 일본까지라도 몬 갈 건 없제. 다만 거까지 갈라 카믄 신고도 해야 하고 밟아야 할 절차가 쪼께 복잡하지만… 뭐, 그런 기사 내가 또 워낙에 빠삭하이까네 문제가 될 끼 아이고, 결국 문제는 돈이제. 여서 울릉도까지 진짜로 간다 카믄 기름값만 해도 보통으로 마이 들어가는 기 아일 낀데.”

“필요한 경비는 넉넉하게 대겠습니다.”

김강한이 간단히 자르는 말에 장덕팔 선장이 곧장 솔깃한 모양새로 된다. 이미 김강한의 돈 씀씀이를 본 때문이리라.

“아, 그라믄야 뭐, 갑시다! 우리나라 영해만 안 벗어난다 카모 울릉도 아이라 어데까지라도 가보입시다, 마!”

“그럼 출발하시죠.”

“뭐라카노? 지금 당장 가자는 말인교?”

“예! 지금 당장!”

장덕팔 선장의 두 눈이 휘둥그레지는 것을 김강한이 쌍피

쪽을 가리키며,

"돈 문제는 저 양반하고 말씀하시고, 저는 잠깐 짐 좀 챙겨서 오겠습니다."

하고는 김강한이 곧장 할배네 집을 향해 성큼성큼 가버린다. 장덕팔 선장이 하릴없이 쌍피를 쳐다보는데, 쌍피가 또한 하릴없이 고개를 끄덕여 보인다. 장덕팔 선장이 다시 최유한 박사 쪽을 쳐다보지만, 최유한 박사는 자신이야말로 내내 어이가 없는 중이라 고개를 절레절레 젓고 만다.

자, 낚싯대 내립시다!

승리호가 파도를 가르며 망망대해를 달리고 있는 중이다. 도무지 끝이 없을 듯한 질주에 이제는 엔진도 지친 듯이 힘에 겨운 소리로 헐떡이고 있다. 그나마 엔진 소리가 아니라면 이 8톤짜리 낚싯배는 어디를 둘러봐도 온통 푸른 물결뿐인 바다 한가운데에서 그저 속절없는 제자리걸음을 하고만 있는 걸로 보인다.

장덕팔 선장의 표정이 좋지 않다. 울릉도 해역에 들어선 지 이미 한참이나 되었는데도 도대체 무슨 생각인지 모를 이 괴짜 손님들은 계속 가자고만 하고 있다. 그들 중에 무슨 박사라고 불리는 사람이 아마도 좌표 인식기 같은 걸로 보이는 작은 기계 하나를 들여다보며 계속 방향 지시를 하고 있다. 그러나 이 사람들이 도대체 뭘 하려고 하는 건지 장덕팔 선장이 이제쯤에는 영 수상하다는 생각까지를 해보는 중이다. 그때다.

"다 왔습니다! 멈추세요!"

최유한 박사가 크게 소리를 지른다. 장덕팔 선장이 얼른 배를 감속시키자 최유한 박사가 다시 지시한다.

"엔진 끄고, 앵커 내리세요!"

장덕팔 선장이 이윽고는 떨떠름한 기색이 되고 만다. 무슨 박사인지는 모르겠지만 함부로 선장의 고유 영역까지를 건드리는 것 같아서이다. 그러나 이미 대가를 상당히 후하게 받은 터에 이제 와서 새삼스럽게 선장으로서의 권위를 내세우기도 어려운 노릇이다. 승리호의 엔진이 멈추고 앵커가 내려진다.

"자, 낚싯대 내립시다!"

김강한이 짐짓 분위기를 띄운다. 그러나 장덕팔 선장은 차라리 황당하다. 이 사람들은 그저 멀리만 나오면 이 넓은 바다 아무 데나 고기가 아주 득시글대는 줄 아는 모양이다. 승리호가 자랑하는 성능 빵빵한 어군탐지기를 두고서 왜 제멋대로 낚싯대부터 던지려고 하는가 말이다.

그러나 장덕팔 선장이 손님들에게 승리호의 자랑을 일깨워줄 차례는 주어지지 않는다. 김강한의 말이 있자마자 번개처럼 낚시채비를 마친 쌍피가 벌써 배 밖으로 낚시를 던지고 있다. 이어 그는 상대적으로 번개처럼 빠르지는 못한 최유한 박사의 낚시채비까지 대충 챙겨서는 바다로 던져주기까지 한다.

우린 술이나 한잔할까요?

분위기를 띄우더니 정작 김강한 자신은 낚시를 할 생각이 없는 모양새다. 쌍피에게로 다가가 잠시 낚시하는 걸 구경하다가는 슬쩍 묻는다.

"술 가지고 온 거 있어?"

"예. 안 그래도 찾으실 것 같아서……."

김강한이 몹시도 만족스러운 표정으로 되는데, 쌍피가 얼른 자신의 배낭을 뒤져 뭔가를 꺼낸다. 제법 크기가 있는 사각의 종이 박스다. 소주 정도를 기대한 김강한이 짐짓 의아하게 묻는다.

"이게 뭐야?"

"양줍니다!"

"그러니까… 내가 술을 찾을 것 같아서 여기까지 양주를 챙겨 왔다는 거야?"

"예."

쌍피의 대답이 조금의 주저함도 없이 간단명료하다는 데서 김강한은 어쩔 수 없이 감동하고 만다. 그야말로 지극정성이 아닌가?

"이야, 하여간 대단해! 바다낚시 하러 오면서 양주 챙겨 오는 사람은 아마 당신밖에 없을 거야!"

선실 벽에 기대서서 망연히 이쪽을 보고 있던 장덕팔 선장이 또한 고개를 주억거린다. 이 이상한 손님들의 모든 게 다 수상쩍게 보이고 있는 중이지만, 김강한의 지금 말에 대해서는 그도 공감하지 않을 수 없다. 그가 이십 년 넘게 낚싯배를 몰고 있지만, 바다낚시를 하러 오면서 양주를 챙겨 오는 사람은 그로서도 처음으로 보는 것이니 말이다. 그러나 그는 이내 흠칫하며 선실 벽에 기대고 있던 몸을 바로 세운다. 김강한이 그를 향해 다가오고 있다.

"선장님, 저 사람들은 낚시하라고 두고 우린 술이나 한잔할까요?"

자꾸 마시면 취하는데…….

장덕팔 선장은 차마 거부하지 못한다. 김강한과 둘이서만 술을 마시는 것은 이제쯤 왠지 약간의 경계감까지 든다. 그러나 그 술이 지금 김강한이 종이 박스에서 꺼내 들고 있는 양주라면 생각이 또 달라진다. 바다낚시에 양주가 어울리지 않는다는 건 맞다. 그러나 어울리지 않는다는 것과 싫어한다는 것은 전혀 다른 말이다. 그가 양주에 대해 잘 아는 건 아니다. 그러나 나름 술꾼으로서의 감이라는 게 있다. 김강한이 짐짓 보란 듯이 내밀고 있는 양주는 겉을 싸고 있는 종이 박스부터 한눈에 고풍스럽고 귀해 보인다. 그리고 박스에서 모습을 드러내는 유리병의 자태라니! 우아하고도 자르르한 품위가 넘쳐난다. 그 속에서 호박색의 노르스름한 액체가 맑게 찰랑거린다. 아아, 이건 최상급이다! 최고급의 아주 비싼 놈일 거라는 데 대해서는 내기를 걸어도 좋다.

이윽고 한 잔.

"카아!"

독주다. 술이 통과하는 목구멍에서부터 식도까지 타는 듯한 화끈함이 작렬한다. 그러나 깔끔하고 통쾌하다. 역시 최상급이 맞다. 그리고 또 한 잔.

"크아! 이거… 자꾸 마시면 취하는데……."

그러면서도 장덕팔 선장은 빈 잔을 다시 채워주는 김강한을 차마 말리지 못한다.

다시 한 잔, 또다시 한 잔.

두 사람이 결국은 양주 한 병을 다 비우고 만다. 장덕팔 선장은 얼큰하다 못해 정수리까지 뜨뜻해진 느낌이다. 그리고 어느 순간 목덜미가 뜨끔하다 싶더니 그는 가뭇하게 의식을 놓고 만다.

볼 건 없어도 감동은 있다

꽤나 긴 잠수 끝에 김강한은 이윽고 해저의 밑바닥에 도착한다. 조류를 전혀 느낄 수 없을 만큼 물살이 잠잠한 가운데 그야말로 한 치 앞도 분간할 수 없는 암흑이 수심 삼백 미터의 심해를 실감 나게 한다.

그는 랜턴을 켠다. 최고로 성능이 좋은 물건이라고 하더니 랜턴은 이 깊은 바다에서도 별문제 없이 작동한다. 물 색 자체가 탁해서 그런지 비록 시원스럽게 밝지는 않지만, 안력을 최대한 증강시키자 그나마 주변을 식별하는 데는 크게 어려움이 없다. 숙도 앞바다 100미터쯤의 수심에서는 그나마 희미한 빛이라도 있었는데 여긴 아예 빛이 존재하지 않으니 만약 수중 랜턴이 없었다면 난감할 뻔했다.

회색의 심해 바닥은 단단하면서도 두꺼워 보인다. 아마도 장구한 세월 동안 퇴적물이 쌓이고 또 쌓여 무수한 층을 이룬 것이리라. 그러나 살짝 상상해 본 거대한 괴수나 특이한 심해 생물의 존재는커녕 아무런 생명체의 흔적도 보이지 않는다. 그냥 황폐하달까? 마치 먼 우주의 어느 혹성, 생명체 하나 없는 황량한 불모의 대지에 와 있는 것만 같다. 그러나 볼 건 없어도 감동은 있다. 어떤 탐험가도 와보지 못한 전인미답의

장소에 그가 최초로 발길을 딛는 사람일 것이란 데서 오는 감동이 만만치 않다.

사방을 둘러보아도 그가 목적하고 온 보물선의 선체는 보이지 않는다. 그런데 그가 실망감에 허탈해할 때다. 그가 선 앞쪽의 광경이 문득 단절된다. 거대한 수중 절벽이다. 아래로 랜턴을 비춰보지만 그 빛이 도달하는 거리까지는 텅 빈 허공일 뿐이다. 그는 망설임 없이 그 거대한 공간 속으로 몸을 던진다.

원초적이고도 본능적인 공포

김강한은 마침내 수중 절벽이 끝나는 지점, 새로운 바닥에 다다른다. 넓다. 랜턴을 비추는 것만으로는 도저히 그 넓이를 가늠해 볼 수 없는 그곳은 마치 거대한 분지 같다.

수심은 적어도 400미터는 넘는 것 같다. 아니, 그를 짓누르고 있는 수압으로는 어쩌면 500미터를 넘는지도 모르겠다. 폐부와 장기, 그리고 모든 핏줄과 신경조직에 거대한 압박이 가해지고 있다. 물론 외단과 내단은 진즉부터 작동하고 있는 중이다. 그럼에도 그는 전신의 세포가 올올이 곤두서는 듯한 긴장에 함몰되어 가고 있는 중이다. 그런 것은 어쩌면 물리적인 압박과는 다른 심리적인 부분인지도 모르겠다. 이미 정상의 범주를 한참이나 벗어난 비정상에서 다시 그 비정상마저 넘는 극한의 상황으로 넘어와 있는 데 대한.

'과연 견뎌낼 수 있을까?'

그것은 가능하고 불가능하고의 문제를 초월한 공포다. 인간의 한계를 넘어서서 절대적인 고립에 빠져 버린 상황 자체가 주는 원초적이고도 본능적인 공포.

치열한 몰입

다시 한순간, 공포와는 또 확연히 다른 느낌이 시작되고 있다. 몰입이랄까? 절대의 공포와 고립감에 반발하여 거칠게 솟구쳐 나오는 절박하기 그지없는 몰입.

의지할 것은 오로지 그 자신뿐이다. 그리고 그를 굳건히 지탱해 주는 것은 오직 금강부동공뿐이다.

그는 차라리 랜턴을 꺼버린다. 사방이 완전한 암흑에 갇히면서 그는 더욱 절박한 몰입으로 빠져든다.

절박하다 못해 치열하다.

그가 지금껏 한 번도 경험해 보지 못한 무섭도록 치열한 몰입이다. 오로지 그 혼자만이 존재하는 세상에 대한 몰입. 그것은 곧 금강부동공으로의 몰입이다.

[부동신과 금강신, 곧 외단과 내단은 상생의 이치로 외부의 자극과 충격을 촉매로 삼아 끊임없이 서로를 보완하는 과정을 수행하면서 스스로 강해진다.]

첫 번째 요결이 명쾌하게 넘어간다. 그리고 다음 단계의 요결이 대두된다.

[그리하여 내단이 천만 번 두드려지면 이윽고 완전한 금강신에 이르는데, 곧 금강불괴지신(金剛不壞之身)이다.]

요결이 뇌리를 가득 채우고 다시 온몸을 가득 채우더니 이윽고는 그와 온전히 하나가 되는 듯하다. 지금까지 수없이 이 요결을 떠올리고 그 의미에 대해 생각해 보았다. 그러나 이런 경우는 처음이다. 그와 요결은 일체가 된다. 그리고 그는 다시 나아간다. 요결의 다음 단계로. 아니, 어느새 그다음의 요결이 자연스럽게 그를 채우고 있다.

[금강불괴지신을 근원으로 무한히 확장한 외단은 이윽고 그 어디에도 없고 또한 그 어디에도 있는 무궁지경(無窮之境)에 이르게

된다. 이는 곧 금강부동(金剛不動)의 완성이니 마음이 일어 행하지 못할 것이 없게 되는 궁극의 경지이다.]

아아, 문득 황홀하다. 극치의 희열이 휘몰아친다. 그는 그 희열의 바다에 온몸을 던진다. 그러나 다시 한순간, 어떤 이유에서인지 그는 그 황홀한 몰입으로부터 빠져나오고 만다.

그가 완전히 요결에 몰입해 있는 동안 시간이 얼마나 지났는지 알 수 없다. 아쉽지만 그는 다시 수백 미터 위쪽의 바깥 세상으로 올라가야만 한다. 해야 할 일이 있는 것이다.

보물선

다시 랜턴을 켰을 때, 김강한은 이전에 비해 시야가 한층 멀리까지 트이는 듯한 느낌이다. 그리고 다음 순간, 저 앞쪽에 무언가가 보인다. 거대한 무엇의 어렴풋한 형체다. 아아, 배다. 절반쯤은 심해 바닥에 묻힌 채로 길게 가로누운 거대한 배의 형체다.

그는 녹슨 선체의 구멍을 통해 하갑판 쪽으로 접근해 들어간다. 이윽고 그의 앞에 수백, 아니, 수천 개일지도 모를 무수한 철제 상자가 빽빽이 쌓여 있는 광경이 펼쳐진다. 철제 상자 하나를 개봉하자 작은 금괴와 금화가 가득 채워져 있다. 들어

올려보니 수중이라 정확하지는 않겠지만 대충 20~30kg쯤 될 것 같다.

간단한 정리

"아아!"

김강한이 가지고 올라온 철제 상자를 열어본 최유한 박사가 신음과도 같은 탄성을 흘려낸다. 그것이 보물에 대한 감탄이었다면 이어진 그의,

"이번에는 또 어떻게 한 겁니까?"

하는 말은 김강한의 믿지 못할 능력에 대한 뒤늦은 감탄이리라.

"마술이라니까요?"

김강한이 가벼운 실소로 받고는 슬쩍 덧붙여 묻는다.

"이거 얼마나 될까요? 가치가."

그 물음에는 최유한 박사가 자신으로서도 대중이 어렵다는 듯이 설핏 난처한 기색이 된다. 그러자 옆에서 보고 있던 쌍피가 덤덤하게 끼어든다.

"이 안에 든 금괴와 금화를 그냥 금으로만 쳐도 1kg에 5,000만 원씩 잡고… 대충 30kg이면 15억입니다. 그러나 저 금화는 단순히 황금으로서의 평가보다는 그 희귀성이나 골동품으로서의 가

치에 따라 훨씬 더 평가액이 올라갈 수 있을 겁니다."

그러나 김강한이,

"그래서 얼마나 된다는 거야?"

하고 재촉하듯이 다시 물은 데 대해서는 쌍피도 선뜻 대답을 내놓지 못한다. 그런 쌍피에게 짐짓 눈총을 주고 나서 김강한이 다시 최유한 박사를 향한다.

"보물선에 이런 상자가 대략 오천 개쯤 실려 있고, 그 총가치가 150조쯤이라고 하지 않았습니까?"

"예. 러시아 쪽의 기록을 바탕으로 한 분석에 따르면 그렇습니다."

"그럼 뭐 복잡할 것도 없네요."

"……?"

"150조 나누기 5,000을 하면… 300억! 그렇죠? 이런 상자 하나당 300억이면 계산이 맞는 것 아닙니까?"

"……!"

그 단순명료한 정리에 최유한 박사가 마지못한 듯이 고개를 끄덕이고 만다.

곶감 빼먹듯이!

"자, 이제 그만 돌아갑시다!"

김강한의 그 말에는 최유한 박사가 펄쩍 뛰듯이 반응한다.

"아니, 어렵게 보물선의 실체를 확인하고 또 보물 상자 하나를 건져 올리기까지 했는데 이대로 그냥 돌아가자는 겁니까?"

김강한이 피식 실소하며 반문한다.

"그럼 5,000개나 되는 상자를 지금 다 건져 올리기라도 하자는 겁니까?"

"그렇겐 못 하더라도 우선 할 수 있는 데까지는……."

그러나 최유한 박사는 말끝을 흐리고 만다.

'우선 할 수 있는 데까지'를 하기 위해서는 오로지 김강한의 수고, 아니, 마술에만 의존할 수밖에 없다는 사실 때문이리라.

김강한이 다시금 실소를 머금으며 짐짓 느긋한 투로 말을 받는다.

"서두를 건 없지 않겠습니까? 일단 확실하게 확인했으니까 다음에 또 오면 될 일입니다. 그새 다른 누가 덤벼든다고 해도 인양 준비를 하는 데만도 꽤 오래 걸린다면서요? 그동안에 우리가 곶감 빼먹듯이 한 개씩, 두 개씩 건져 올려도 시간은 충분하지 않겠습니까? 자그마치 150조라는데, 그래야 좀 실감도 날 테고요."

내가 소싯적에는

장덕팔 선장은 선실 바닥에 누워 곤히 잠들어 있다. 김강한이 다가가 가볍게 혼혈을 풀어주자,

"으… 으… 음!"

가느다란 신음 소리를 뱉으며 그가 깨어난다.

"아니, 선장님, 뭔 낮잠을 이리 깊게 잡니까?"

김강한의 짐짓 면박에 장덕팔 선장이 머리를 긁적거린다.

"아이고! 내가 깜빡 잠이 들었는가 보네."

"보기보다 술이 좀 약하신가 봅니다?"

김강한의 그 소리에는 장덕팔 선장이 손부터 내저어가며 사뭇 정색을 한다.

"무신 소리? 그냥 좀 피곤해서 그런 거지! 이래 비도 내가 소싯적에는 양주 큰 걸로 서너 병은 거뜬히 깠던 사람인 기라!"

"이야! 진짜 대단한 주당이셨네요? 하여튼… 선장님, 이제 그만 돌아갑시다!"

부르릉!

승리호의 엔진에 시동이 걸리고, 깊이 잠겨 있던 앵커가 갑판 위로 끌어 올려진다.

그리고 천천히 방향을 돌린 승리호가 이내 속도를 내기 시작한다.

퉁! 퉁! 퉁! 퉁!

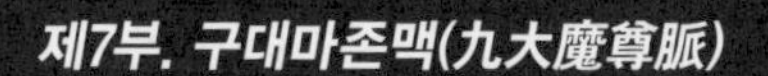

제1장

경호 수칙

건의

김강한은 대통령 전용기 안에 있다. 청와대 대통령 연설문 기안 담당 행정관의 신분으로서 대통령의 중국 국빈 방문 수행단에 포함된 것이다.

원로 회의에서는 대통령의 중국 국빈 방문에서 VSGO(VIP Security Guard One)의 역할을 필요로 하는 상황이 생길 수 있다고 판단했다. 이번 대통령의 중국 국빈 방문은 사드 배치로 촉발되어 악화일로를 걷다가 현재 교착 상태에 빠진 채로 양국 모두에 피해를 가중시키고 있는 한중 관계를 어떤 식으로든 복원시키고자 하는 양국 공통의 바람과 노력으로 성사되었다.

그러나 중국은 한국의 사드 배치가 자국의 핵심 이익을 침해했다고 지속적으로 주장해 왔다. 또한 경제적으로 보복하기 위해 국가적으로 반한 감정을 조장하기까지 했다. 그런 터에 자신들이 그간에 한껏 키워놓은 반한 감정 때문에라도, 그것으로 인한 내부의 반발을 의식해서라도 한국 대통령의 국빈 방문에 대해 마냥 환대하는 모습을 보여주기는 어려운 측면이 분명 있을 거라는 분석이다. 더하여 경제 문제를 포함한 양국 간의 현안 협상에서 유리한 위치를 차지하기 위해서 전략적, 혹은 의도적인 반칙과 편법이 동원될 가능성을 배제할 수 없다는 판단도 있다. 중국의 근현대 외교사에서 그런 사례를 그리 어렵지 않게 찾아볼 수 있듯이 말이다.

물론 국가 통제력이 최우선으로 작용하는 중국인 만큼 그런 여러 가지 상황에도 불구하고 전반적인 VIP 경호 자체에는 차질이 없을 것이다. 다만 중국 측의 그러한 내부적 반발과 또 반칙과 편법의 정도가 일정 선을 넘을 경우에는 경호상의 안전과는 별개로 대한민국을 대표하는 대통령으로서의 위신과 체면을 보호할 자위적 수단을 미리 강구하지 않을 수 없다. 그런 판단에서 VSGO의 수행이 필요하다는 건의가 이루어진 것이다.

그리고 국가 원로 회의의 건의에 대해 대통령이 예전과는 달리 이렇다 할 이의 없이 수월하게 수용한 데는 아마도 조태강에 대한 개인적인 신뢰와 친밀감이 크게 작용한 점도 있을 것이란 게 최중건의 짐작이다.

누구와도 관계가 없는 고립적인 존재

김강한은 전용기가 출발하기 직전에야 수행단에 합류했다. 보안 문제를 포함한 몇 가지의 타당하고도 수긍할 수밖에 없는 이유 때문이다. 그러나 수행단의 어느 조직에도 섞여 들어가지 못하는 어색함과 외로움은 온전히 그의 몫이다. 이제는 처음도 아니고 또 청와대를 나갔다가 다시 돌아올 때까지의 시간이 그렇게 길었다고 할 수도 없는데 아는 얼굴이 거의 없다. 특히나 지난번에 대부분 안면을 터놓은 경호실 소속 요원들과의 재회는 그가 은근히 기대한 바인데, 그것마저도 무산되어 버린 것은 섭섭하기 짝이 없다. 선임 경호 요원인 오재영과 그가 지휘한 경호조가 결원과 부상으로 인해 아주 새로운 경호조로 대체되었다는 소식이다. 그러나 역시 잘된 일이다. 이번 일을 수행하는 데 있어서도, 또 이후에는 다시 이런 종류의 일을 할 계획이나 의지가 지금으로서는 전혀 없다는 점에서도 누구와도 관계가 없는 고립적(孤立的)인 존재인 것이 오히려 편할 것이니 말이다.

그저 몇 마디를 나눈 것뿐

그래도 김강한이 한 사람과는 반가운 해후를 나눌 수 있었다. 바로 백인호 대통령이다.

사실 별다른 얘기는 없었고, 여러 얘기를 나눌 시간 여유도 없었다. 대통령은 이미 기내에서부터 빠듯한 일정을 소화하고 있는 중에 잠깐 짬을 내서 그를 따로 부른 것이니 말이다. 그저 별 중요하지도 않은, 바쁜 중에 굳이 일부러 불러서까지 할 얘기는 더욱 아닌, 몇 마디를 나눈 것뿐이다.

"자네, 술 잘 마시나?"

"예? 아, 예. 조금 마시는 편입니다."

"잘됐군!"

"……?"

"내가 주당 소리 듣던 사람이라는 얘기를 했던가?"

"예. 그때 하셨습니다."

"그렇군. 이번 일 끝나고 나서 우리 둘이서 거기 다시 한번 가세. 지난번 부산의 그 시장 골목에 있던 돼지국밥집 말이야. 국밥 맛도 괜찮았지만 소주 맛이 아주 달더군."

"……"

"자네와 함께라면 조금쯤 취해도 괜찮을 것 같아서 말이야. 허허허!"

논란

대통령의 방중 일정 첫날부터 한국의 언론에서는 몇 가지 논란이 불거진다. 논란의 시작은 대통령의 북경 공항 도착에서부터 불거진 푸대접 논란이다. 통상 중국을 방문하는 각국 정상에 대해서는 차관급인 부부장급 인사가 영접하는 게 중국의 의전 관례이다. 그런데 이번에 국빈 자격으로 방문한 백인호 대통령에 대해서는 한 단계 격이 떨어지는 차관보급의 외교부 아시아 담당 부장조리가 영접했기 때문이다.

논란은 또 있다. 백인호 대통령이 방중 첫날 저녁과 다음 날 아침까지를 연속으로 중국 지도부가 아닌 한국 수행원들과 일반 식당에서 식사를 한 것에 대해서도 중국 측의 의도적인 홀대라는 주장이 제기됐다. 중국 지도부의 주석이나 총리와 환영 만찬이나 오찬을 가지는 것이 통상적인데, 중국 지도부가 의도적으로 식사 약속을 잡지 않았다는 것이다.

그런 주장에 대해서는 청와대에서 즉각적인 해명이 있었다. 백인호 대통령이 중국 서민들의 일상을 직접 체험한다는 콘

셉트로 사전에 기획된 이벤트성 행사라는 것이다. 그럼에도 한번 촉발된 한국 언론들의 문제 제기는 오히려 커져만 간다. 그런 데다 한국 언론들의 그러한 보도에 대해서 중국 관영 매체에서도 부정적인 반응을 보이기 시작한다. 한국 대통령의 방중에 중국이 성의를 다하고 있는데도 일부 한국 매체들이 오히려 한중 양국의 관계 회복을 위한 시도에 찬물을 끼얹고 있다며 지적한 것이다. 어느 매체에서는 한국 언론에 대해 경고성 사설을 내기도 한다.

그런 중에 대통령을 근접 취재하는 청와대 수행 기자단 사이에서는 당장에 기자들의 취재를 통제하는 중국 측의 태도가 엄격해지고 있다는 분위기마저 실감되고 있다.

시비

방중 둘째 날 오전. 백인호 대통령은 한중 경제 무역 파트너십 개막식에 참석한다. 개막 공식 행사를 마치고 개막식장 바로 뒤편에 있는 한국 기업들의 부스를 둘러본 대통령은 이어 한중 스타트업 기업들의 부스가 있는 맞은편 홀로 이동한다.

그런데 청와대 수행 기자단이 대통령의 동선을 따라 함께 이동하려 할 때다. 외곽 경호를 맡고 있던 중국 측 경호원들이 대통령과 수행원들만 행사장을 빠져나갈 수 있도록 허용하고 경호상의 혼잡을 이유로 수행 기자단에 대해서는 일단 제지를 한다. 이에 기자들이 항의를 하고, 그 과정에서 중국 측 경호원이 한 사진기자의 멱살을 잡고 미는 바람에 그 기자가 뒤로 넘어지고 만다. 함께 있던 다른 사진기자가 그 상황을 카메라로 찍으려 하자, 중국 측 경호원들이 달려들어서는 카메라를 빼앗는 등 시비가 번진다.

대통령은 벌써 맞은편의 홀 안으로 진입한 뒤인데, 수행원 중 후미에 처져 있던 국민소통수석실의 고동욱 비서관이 뒤쪽에서 벌어지는 소란을 발견하고는 황급히 소란의 현장으로 달려간다. 고동욱 비서관이 일단은 기자에게 위협을 가하고 있는 중국 측 경호원들에게 자신이 패용하고 있는 신분증을 보이며 항의한다. 물론 한국말로 하는 것이지만 거의 고함을 치는 수준의 강력한 항의에 중국 측 경호원들은 일단 기자들에 대한 위협을 멈추고 무전을 통해 고동욱 비서관의 신분을 확인하는 모양새다.

잠시 뒤 중국 측 경호원들은 빼앗은 카메라를 기자에게 되돌려주고 현장에서 물러간다. 고동욱 비서관이 한국 대통령의 공식 수행원 신분임을 확인하고 함부로 대하지 말라는 상부의 지시를 받은 듯하다. 그렇게 해서 자칫 격한 충돌로 갈 뻔한 사태는 일단 봉합이 된다.

경호 수칙

행패를 당한 기자들에게 다친 곳이 없는지를 확인하고 나서야 겨우 한숨 돌린 고동욱 비서관이 기자단에게 간곡하게 당부한다.

"여러분, 경호원들에게는 경호 수칙이란 게 있습니다. 물론 여러분은 근접 취재를 허락받은 청와대 수행 기자단이고 또한 한국에서였다면 설령 경호 수칙의 선을 어느 정도 넘었다고 해도 경호원들이 강경하게 대응하는 경우는 없었을 겁니다. 그러나 여긴 중국입니다. 한국과는 경호 환경이 사뭇 다르다는 점을 충분히 고려할 필요가 있다는 겁니다. 중국은 사회주의국가이니만큼 서방세계에 비해 1인자에 대한 경호가 굉장히 삼엄한 편입니다. 근접 취재를 허가받은 기자들에 대해서도 조금만 선을 넘으면 강력히 통제하는 경향이 있다는 걸 감안해야만 합니다. 근접 경호는 있어도 근접 취재는 없다! 저들의 경호에는 그런 수칙이 있다는 말까지 있다고 합니다."

"그럼 우리 수행 기자단에 대한 중국 측 경호원들의 방금과 같은 폭력적 행위가 정당하다는 겁니까?"

기자 하나가 반박한다. 거기에 강한 불만과 반발이 섞여 있는 데 대해 고동욱 비서관이 당황스럽게 두 손을 내저으며 해명한다.

“물론 저들의 경호 수칙이 어떻든 간에 방금 전 중국 측 경호원들이 보인 폭력적 대응은 분명히 상식을 넘어선 행위입니다. 설령 기자들이 자신들의 경호 가이드라인을 따르지 않았다고 하더라도 경고와 설명이 먼저 이뤄져야 하는 것이고, 정히 부득이한 경우에도 합법적인 연행은 할 수 있더라도 기자를 위협하고 카메라를 빼앗는 등의 폭력적인 행위가 있어서는 안 되는 것입니다. 따라서 방금 전의 사태에 대해서는 향후 중국 당국에 공식적으로 항의를 하고, 행위의 당사자들과 책임자들에 대해 납득할 만한 조치를 취할 것을 강력히 요구하도록 하겠습니다.”

그럼에도 기자 몇몇은 여전히 분을 삭이지 못하겠다는 듯한 기색이다. 그러나 대부분은 그 정도 선에서 수긍할 수밖에 없다는 분위기가 되기에 고동욱 비서관이 다시금 양해를 구한다.

“말씀드린 대로 중국 당국에 대한 후속 조치는 반드시 취할 겁니다. 그러니 여러분께서도 여러 가지 불합리하고 불편한 점에도 불구하고 아무쪼록 대의의 관점에서 넓게 양해해 주시기를 부탁드립니다. 그리고 대통령님의 일정이 곧 끝날 테니 우리도 빨리 가보도록 합시다.”

그런 데야 기자들도 비서관을 더 이상 붙들고 있을 수는 없다. 그리고 그들 또한 본업인 현장취재에 계속 손을 놓고 있을 수는 없으니 마음이 급해진다.

폭행

대통령이 있는 홀로 달려간 기자단은 홀의 입구에서 다시금 중국 측 경호원들의 제지에 가로막힌다. 경호원들이 고동욱 비서관만 안으로 들어가게 하고 기자들에 대해서는 몸으로 출입을 막아버린 것이다. 더욱이 전면에 나선 경호원 중에는 좀 전의 시비에서 본 경호원도 있다.

서둘러 대통령이 있는 곳으로 걸음을 재촉하던 고동욱 비서관이 뒤쪽의 상황을 인지하고는 황급히 되돌아와서 기자단을 들여보낼 것을 요구한다. 그러나 경호원들은 아예 들은 척을 하지 않는다. 기자단이 비표를 보여주며 자신들이 취재를 허가받은 청와대 수행 기자단임을 다시금 주지시키고 항의를 해보지만, 역시나 경호원들은 단호하고도 위압적인 표정으로 고개만 가로젓는다. 경호원들의 그런 태도에 대해서 기자단으로서는 의도적인 취재 방해라고 받아들일 수밖에 없다. 게다가 기왕에 쌓인 감정까지 폭발하고 만 기자 하나가 강력하게 항의하는 중에 앞을 가로막은 경호원의 가슴을 어깨로 밀어붙인다.

그런데 그 순간이다. 마치 기다렸다는 듯이 주변의 경호원들까지 합세하더니 그 기자를 곧장 한쪽 옆의 구석진 공간으로 끌고 간다. 그러곤 누가 말릴 틈도 없이 업어치기로 기자를 바닥에다 메다꽂아 버린다. 그 광경을 보고 기자 셋이 황급하게 달려가지만, 그들에 대해서도 경호원들은 곧장 집단으로 구타를 가하기 시작한다. 그렇게 기자 넷이 일방적으로 구타를 당하는데, 경호원들은 아주 작정을 한 듯이 바닥에 쓰러진 사람에게까지 발길질을 하는 등의 잔혹한 행위를 서슴지 않는다.

고동욱 비서관도 그 광경을 목도하지만, 그 역시도 경호원들에게 가로막혀 있는지라 당장에 어떻게 해볼 방법이 없다. 그러나 저대로 두었다간 정말로 감당 못 할 불상사가 생기겠기에 그는 곧장 방향을 돌려 홀 안쪽을 향해 달려간다.

우발적

가쁜 숨으로 달려온 고동욱 비서관의 보고를 받은 박광천 국민소통수석은 잠시 망설인 끝에 대통령에게로 다가간다. 대통령이 알아야 하고 또 당장의 결정이 필요한 심각한 상황이라고 판단한 까닭이다.

한중 스타트업 기업들의 부스를 돌아보고 있던 대통령은 박광천 수석의 보고를 받고 대번에 얼굴이 굳어진다. 그리고 곁에 있던 경호실의 이필준 차장을 돌아본다. 이필준 차장도 박광천 수석의 보고를 함께 들은 터라 두 눈을 부릅뜨고 있는 중이다. 그러나 대통령의 시선을 받고는 단호하게 고개를 가로젓는다. 말로는 하지 않았지만 여하한 경우에도 우리 측 경호원들을 포함한 수행원들이 직접적으로 개입하는 것은 곤란하다는 의견 표시일 것이다. 대통령이 굳히고 있던 표정을 푼다. 내심의 격분이야 여전하겠지만, 애써 평정을 되찾는 것이리라. 하긴 이필준 차장의 의견을 굳이 묻지 않더라도 이런 상황에서 대통령의 수행원들이 섣불리 나서는 것은 문제를 해결하기보다 오히려 문제를 확대시킬 소지가 크다는 걸 왜 모르겠는가? 그러나 그렇다고 지금 수행 기자단이 무차별로 폭행을 당하고 있다는데 몰랐으면 모르되 알고도 모른 체 그냥 넘어갈 수는 없는 노릇이다. 대통령의 시선이 다시 다른 한 사람에게로 향한다. 김강한이다.

"우발적 상황이라면 우리 쪽에서도 우발적으로 대응하는 게 맞겠지?"

대통령의 그 말은 굳이 대답을 바란 것이 아니고 그저 혼잣말인 것처럼 중얼거리는 투다. 김강한이 재킷 주머니에 넣어둔 선글라스를 꺼내 쓴다. 얼굴을 거의 반이나 덮다시피 하는 커다란 선글라스다. 대통령의 눈길이 그런 김강한에게 잠시 더 머물다가는 다시 박광천 수석에게로 향한다.

"둘러봐야 할 부스가 아직 남았지요?"

박광천 수석이 설핏 당황스럽다. 그러나 지금 대통령의 의중이 어떠하리라는 것에 대해서는 그로서도 충분히 짐작할 만하고 또 전적으로 공감할 수 있다.

일국을 대표하는 대통령이다. 대통령의 공식 일정을 수행하는 기자단이 폭행을 당하는 것은 분명히 큰 문제이다. 그러나 이번 중국 국빈 방문에서 대통령으로서 취해야 할 국익보다는 상대적으로 작은 문제라고 할 것이다. 더욱이 이런 상황에서 당장 감정적인 대응을 하다가는 자칫 문제를 더욱 심각하게 비화시킬 소지가 크다고 할 것이다. 그렇다면 일단 냉철하고도 대범하게 공식 일정을 소화해 내는 모습을 보임으로써 보다 큰 명분과 실리를 취할 기회를 엿보겠다는 판단과 각오이리라.

박광천 수석이 저도 모르게 힘주어 이를 한 번 악다문 다음 차분하게 대답한다.

"예, 두 곳이 더 있습니다."

"자, 그럼 갑시다."

"예, 이쪽으로……."

대통령과 수행원들이 다시 이동하는 중에 한 사람이 조용히 후미로 빠진다.

압도적이고 무차별적인

중국 경호원들이 둘러싸고 있는 안쪽에 기자 넷이 피투성이가 된 채로 바닥에 널브러져 있다. 그런 기자들의 얼굴이며 옆구리 등으로 중국 경호원들의 발길질이 계속 이어지고 있다. 그러나 다른 기자들은 속수무책인 채로 발만 동동 구를 뿐 감히 동료들을 구하러 덤벼들 엄두를 내지는 못한다. 다만 몇몇 사진기자가 폭행 현장을 사진에 담기 위해 이리저리 카메라 초점을 맞춰보지만, 그마저도 중국 경호원들이 거칠게 달려들어 카메라를 빼앗고 바닥에다 내팽개쳐 버린다.

"기자들이 저렇게 당하고 있는데 우리 청와대 경호원들은 대체 뭘 하고 있는 거야?"

공포와 절망에 사로잡힌 기자들 사이에서 원망 섞인 한탄이 새어 나온다. 그때다. 홀의 입구 쪽에서 갑작스러운 소란이 인다. 이어,

"악!"

"큭!"

비명 소리와 함께 그쪽을 지키고 있던 중국 경호원들이 픽픽 나가떨어지더니 그런 중에 한 사람이 빠르게 밖으로 달려 나온다. 커다란 선글라스를 낀 그 사내는 곧장 기자들이 폭행을 당하고 있는 곳을 향해 달려간다.

"억!"

"컥!"

다시금 짧은 비명이 터져 나오며 쓰러진 기자들을 둘러싸고 있던 중국 경호원들이 우수수 나가떨어진다. 그야말로 추풍낙엽이다.

"우리 경호원이다!"

기자들 중에서 누군가가 크게 외친다. 차라리 환호다. 중국 경호원들은 어디를 어떻게 당했는지 알 수 없지만, 일단 쓰러지고 나서는 바닥을 뒹굴며 고통을 호소할 뿐 다시 일어나지를 못한다. 그렇게 순식간에 대여섯 명이 쓰러지고 나서야 비로소 사태를 파악한 주변 사방의 중국 경호원 십 수 명이 황급하게 몰려든다. 선글라스 사내가 성큼성큼 큰 걸음으로 떼지어 몰려드는 중국 경호원들을 맞아나간다.

"악!"

"억!"

"커억!"

비명의 합창과 추풍낙엽의 광경이 다시 재연된다. 그 광경을 지켜보는 기자들은 탄성도 뱉지 못한 채로 그저 입만 딱 벌리고 있을 뿐이다. 압도적인 무력이다. 그리고 무차별적인 응징을 가하고 있다. 선글라스 사내는 혼자서 수십 명의 중국 경호원들을 그야말로 가볍게 눕히고 있다. 외곽 경호를 맡은 경호원들이긴 하지만, 그래도 일국의 정상을 경호하는 임무를 맡은 만큼 나름으로는 까다로운 기준하에서 선별되었을 텐데 이건 아예 상대가 되질 않는다.

김강한은 느긋하게 주변을 돌아본다. 천천한 그의 눈길을 따라 차가운 공포가 사방의 공기를 지배한다. 여기저기에서 참담한 신음 소리가 새어 나오는 중에 더 이상 서 있는 자는 없다. 적어도 중국 경호원 중에는.

넋을 놓은 듯이 서 있던 기자들이 비로소 바쁘게 움직이기 시작한다. 김강한의 주변으로 몰려들고, 일부는 다친 기자들을 살피고, 또 일부는 주변의 광경을 카메라에 담느라 바쁘다. 김강한은 콧등으로 흘러내린 선글라스를 가볍게 위로 밀어 올린다. 그러자 그의 눈썹까지 온전히 가려진다.

권총 집어넣어!

갑작스럽게 고함 소리가 터져 나온다. 새롭게 수십 명의 중국 경호원들이 몰려드는 중에, 그들의 선두에 선 중년 사내 하나가 권총을 빼 든 채로 고함을 질러대고 있다. 그 거침없는 위세에서 그자는 중국 경호원들을 통솔하는 현장 책임자 쯤으로 보인다.

중국어라 알아들을 수는 없지만 뭐라고 연신 위협적인 고함을 치던 그자의 총구가 김강한을 겨누더니, 다시 자신들의 등장에도 아랑곳없이 현장 사진을 찍어대고 있는 기자들을 아울러 겨눈다. 그러나 기자들은 크게 겁먹은 기색 없이 그자의 권총 겨누는 모습까지를 분주히 찍어댄다.

그러자 공포라도 쏘려는 듯이 그자의 총구가 설핏 허공을 향한다.

그러나 그자는 차마 격발을 하지는 못한다. 그자로서도 생각이 복잡하지 않을 수는 없을 노릇이다. 현장 책임자라고 해도, 사태가 이미 그자의 선에서는 감당하지 못할 정도로 커졌다고 해야 할 것인데, 거기에다 총까지 발사한다면 그 결과는 그야말로 엄청난 후폭풍을 몰고 올 것이니 말이다. 그런데 그 때다.

"권총 집어넣어!"

홀의 입구 쪽에서 누군가 나타나며 차갑게 외친다. 또렷한 한국말이다.

청와대 경호실의 이필준 차장이다. 그의 손에 들린 권총이 중국 측 현장 책임자를 똑바로 겨누고 있다. 이어 이필준 차장이 대동하고 온 사람 하나가 중국어로 통역을 하는데, 그 틈에 중국 측 현장 책임자가 재빨리 총구를 돌려 이필준 차장을 마주 겨눈다.

뻔뻔한 거짓말

"이 사태의 발단은 당신네들 쪽에서 먼저 우리 수행 기자들에게 폭력을 행사한 때문이야!"

이필준 차장이 흔들리지 않는 모습으로 차분하게 말을 꺼낸다. 그에 중국 현장 책임자가 곧바로 반발한다.

"한국 기자들이 우리의 경호 라인을 준수하지 않은 게 먼저야!"

"그렇다고 기자들을 폭행하나? 공식적으로 취재 허가를 받은 기자들에게 폭행을 가하는 건, 세계 어느 나라에서도 결코 있을 수 없는 일이야! 이 사태에 대해서는 반드시 당신들의 책임을 물을 거니까, 각오하고 있는 게 좋을 거야!"

그러자 중국 현장 책임자가 권총을 들지 않은 쪽의 손을 들어 김강한을 가리킨다.

"폭행을 행사한 건 오히려 당신들 쪽이야! 저기 선글라스 낀 저자! 당신네 수행원 맞지? 저자가 우리 경호원들을 무차별적으로 폭행했다고!"

김강한이 지금 주변에서 벌어지고 있는 일이 자신과는 전혀 무관한 남의 일인 듯이 멀뚱히 서 있던 중이다.

그런 중에 갑작스러운 지목을 당하고는, 짐짓 당황스럽다는 듯이 슬쩍 몸을 돌려서는 엉뚱한 허공을 쳐다보는 시늉을 한다. 이필준 차장의 입꼬리가 설핏 묘하게 비틀린다. 마치 웃음을 참는 모양새 같기도 하다.

그리고 그 때문에, 서로 권총을 겨눈 채로 치열하게 날 선 말을 주고받던 두 사람 사이의 긴장이 한순간 풀어지는 느낌으로 된다. 이필준 차장이 한결 느긋해진 톤으로 말을 뱉는다.

"당신들 쪽에서 먼저 우리 기자들을 폭행하니까, 보다 못한 우리 쪽 수행원이 폭행을 말리려고 한 것 아니겠나?"

그러자 중국 현장 책임자는 곧바로 날을 곤두세운다.

"폭행을 말리려 했다고? 지금 우리 경호원들이 어떤 지경으로 되어 있는지 보면서도 그런 소리가 나오나? 명심해! 여긴 중국이야! 우리나라에서 우리 경호원들을 이처럼 무자비하게 폭행하고 다치게 한 건, 그 어떤 이유에서건 절대 용납될 수가 없어!"

그렇더라도 이필준 차장은 느긋함이 덜해지지 않는 모습이다.

"그것 참……! 도대체 무슨 소리를 하는 건지, 도통 이해가 안 되네? 그러니까 뭔가? 저기 선글라스 쓴 우리 측 수행원이 당신네 경호원들 수십 명을 상대로 폭행을 가했다고? 혼자서? 그리고 저 사람은 경호원도 아니고, 대통령 연설문 기안을 담당하는 사무직의 행정관일 뿐인데? 그런 사람이, 그것도 단신으로, 당신네 경호원 수십 명을 때려눕혔다는 건가? 그걸 믿으라는 거야? 허허허! 무슨 무협영화를 찍는 것도 아니고… 그런 말도 안 되는 황당무계한 얘기를 도대체 누가 믿을 수 있겠나?"

뻔뻔한, 참으로 뻔뻔한 거짓말이다. 지금 아수라장이 되어 있는 생생한 현장과, 또 그 현장을 직접 지켜본 수십 명의 기자들을 앞에 두고서 하는! 중국 현장 책임자는 순간 말문이 막히고 만 듯하다.

슬그머니

이필준 차장이 천천히 권총을 거두어들인다. 그러고는 여전히 느긋한 중에도 짐짓 서두르는 투로 말을 꺼낸다.

"저기 우리 대통령께서 나오고 계시는데, 당신은 계속 그렇게 권총을 겨누고 있을 건가?"

그 말에 중국 현장 책임자와 기자들의 시선이 일제히 홀 입구 쪽으로 향한다.

아닌 게 아니라, 정말로 대통령 일행이 홀의 입구 쪽을 향해 움직이고 있는 모습이 보인다. 사실 대통령 일행은 마지막 부스에서 일부러 시간을 끌며 바깥의 상황이 정리될 때까지 기다리다가, 예정되었던 시간을 4분여 초과해서야 홀을 나오는 중이다.

중국 현장 책임자가 황급하게 권총을 거둔다. 그리고 주변의 경호원들에게 다급한 손짓으로 지시를 한다. 중국 경호원들의 움직임이 대번에 급박해진다. 부상당한 동료들을 부축하고, 들쳐 업고, 혹은 급한 대로 바닥에 질질 끌어서는 눈에 띄지 않는 구석 쪽으로 숨긴다.

대통령 일행에게 그런 광경이 보이지 않을 리는 없을 터다. 그러나 누구도 아는 체를 하지 않는 중에, 대통령 일행은 빠른 걸음으로 행사장을 빠져나간다.

김강한도 슬그머니 일행들의 틈 사이로 끼어든다.

보도 자제 요청

"여러분들의 적극적인 협조를 부탁드립니다!"

고동욱 비서관이 기자단을 향해 고개를 숙인다. 다친 기자들을 병원으로 후송 조치 하고 난 다음에, 기자단 전체를 대상으로 보도 자제를 요청하는 중이다.

모든 과정에 대해 보도 자제를 요청하는 건 아니다.

다만 청와대의 한 행정관에 의한, 그 한바탕의 압도적이고 무차별적인 무력행사에 대한 대목만을 콕 찍어서 하는 요청이다. 또한 한국의 여론을 걱정해서 하는 요청이 아니다.

오히려 중국 내 반한 감정이 격화될 수 있다는 우려에서 하는 요청이다.

기자들의 분위기는 나쁘지 않다.

기자인 이상 어떤 내용에 대해서건 보도 자제 요청을 반길 수는 없겠지만, 그럼에도 기자들은 적극적으로 공감을 나누는 모습들이다. 그런 그들에게서는 한편으로 뭔가 후련하다는 표정들마저 엿보인다. 그 '한바탕의 압도적이고 무차별적인 무력행사'를 생생하게 지켜보았던 입장들로서의 통쾌함 같은 것일까?

공식 항의

[사전에 허가받은 기자들의 근접 취재 허용은 글로벌스탠더드이다! 더욱이 취재기자에 대한 폭행은 어떤 이유에서든 결코 용납될 수 없는 행위이다! 이에 청와대는 이번 청와대 공식 수행 기자단 소속 기자들에 대한 중국 측 경호원들의 폭력행사에 대해 중국 정부의 즉각적인 사과와 함께, 폭력 행위의 당사자들 및 그 상위의 책임자들에 대한 합당한 조치를 취해줄 것을 엄중하게 요구하는 바이다!]

청와대는 한중 경제 무역 파트너십 개막식에서 벌어진 한국 기자단에 대한 중국 측 경호원들의 폭력 사태에 대해, 공식 항의와 우려를 중국 측에 전달했다.

암중 교감

[중국 정부는 이번 한국 기자단에 대한 폭력 사태에 대해 그 경위와 이유 여하를 막론하고 먼저 심심한 유감을 표한다! 사태의 발단과 원인에 대해서는, 폭행에 가담한 경호 관계자들이 공안 소속인지, 혹은 한국 측 기관과 계약을 맺은 사설 보안업체 소속의 보안 요원들인지를 포함해서, 엄중하고도 공정하게 조사 중임을 밝히는 바이다!]

중국 측의 공식 입장 표명이다.

중국 측이 폭행에 연루된 경호원들이 공안 소속이 아닌 사설 보안업체 소속일 수 있다는 여지를 미리 흘려놓은 데서는, 사태의 책임에서 미리 한 발을 빼두겠다는 약삭빠른 속내가 읽혀진다고 하겠다.

사실 양측의 핵심 인사들 간에는 이 사태에 대해, 돌발적이고 우발적으로 벌어진 에피소드 정도로 정리하고, 민감한 대응으로 문제를 키우는 일은 서로가 지양하도록 암중 교감이 이미 형성되어 있기도 하다.

고심

중국 측이 자국의 경호원들 또한 상당한 피해를 입었다는 사실에 대해서는, 공식 입장 표명에서는 물론이고 다른 경로를 통해서도 일절 언급을 하지 않는다. 그런 데서는 중국 당국의 우려와 고심이 읽혀지는 측면이 있다.

즉, 한국의 경호원도 아닌 사무직의 청와대 행정관이, 실제로는 자국 공안 소속의 엄선된 경호원 수십 명을 일거에 때려 눕혔다는 사실에 대해, 관계자들의 자존심이 크게 상했을 법하지 않은가? 더욱이 그러한 실상이 외부로 흘러 나가서 혹여 국민적 감정으로까지 비화된다면, 감히 상상할 수 없는 파장을 불러일으킬 수 있다는 우려도 있을 법하다.

이번 사태에 대해 중국 측 실무 관계자들 사이에서 상당히 심각하고도 험악하기까지 한 분위기가 엿보인다는 점도, 그런 추정과 맥락을 뒷받침하는 데가 있다.

제2장 — 초대

만찬

백인호 대통령의 방중 둘째 날 오후! 한중 정상회담이 인민대회당에서 열린다. 그리고 몇 개의 양해각서(MOU)에 대한 서명을 하는 것으로 회담을 끝낸 두 정상은, 함께 국빈 만찬장으로 이동한다.

화려하게 치장된 만찬장에는 양국의 전통음악이 은은하게 흘러 사뭇 화기애애한 분위기가 연출되고 있는 중에, 후원창(胡云强) 주석 내외와 백인호 대통령 내외가 중앙 전면의

메인테이블에 자리를 잡는다.

김강한의 자리는 대통령이 앉은 테이블의 왼쪽 바로 옆쪽 테이블이다. 그의 테이블에는 경호실 이필준 차장, 그리고 박광천 국민소통수석을 비롯한 수석급의 청와대 보좌진들이 함께하고 있다. 직급으로 보자면 일개 행정관인 그가 낄 자리는 아니라고 하겠다. 그러나 한중 경제 무역 파트너십 개막식에서의 폭력 사태 이후로 그가 대통령의 근접 위치에 자리하는 것에 대해서, 적어도 그들 수석급의 보좌진들 중에서는 이의를 제기하는 사람이 없다.

어쨌거나 김강한은 느긋하게 만찬을 즐겨볼 작정이다. 한중 정상을 포함해 양국의 핵심 요인들이 대거 참석한 자리다. 참석자 개개인을 선정하는 단계에서부터 엄격한 확인과 심사 과정을 거쳤을 터이고, 또한 입구에서부터 주요 위치마다에 최고 수위의 경호가 펼쳐져 있을 것은 당연하다. 그런 만큼 그가 어떤 역할을 해야 할 경우는 생기지 않으리라고 충분히 믿어도 좋을 것이다.

불도장

좌중에서 박수 소리가 쏟아진다. 중국 합창단의 공연이 막 끝난 참이다. 그리고 이윽고 각 테이블로 만찬 음식들이 제공

되기 시작한다.

자리가 자리이니만큼, 김강한은 최고의 요리를 기대하며 테이블에 그릇이 하나씩 놓일 때마다 시선을 집중시킨다. 그런데 생전 듣도 보도 못한 메뉴들이다. 테이블에 한글과 중국어가 병기된 만찬 메뉴판이 비치되어 있지만, 그마저도 무용지물이나 마찬가지다. 그런 중에 작은 단지 형태의 그릇에 담긴 국물 요리 하나가 테이블 위에 놓인다. 그때다. 박광천 수석이 문득 놀랍다는 듯이 표정을 만들고는

"여러분! 이게 뭔지 아시오?"

하고 다소 과장된 시늉으로 좌중을 향해 묻는다. 그러나 선뜻 대답을 하는 사람은 없다. 혹은 누군가 아는 사람이 있을지도 모르겠다. 그러나 박광천 수석이 입담 좋게 자신의 식견을 풀어놓으려는 기색인데, 굳이 아는 체를 해서 그 흥을 깰 것까지는 없을 터이다.

"불도장이라고……! 다들 한 번쯤은 들어보셨을 테지요? 수행하는 스님도 담을 넘게 만든다는, 그 유명한 불도장이 바로 이겁니다!"

거기까지였다면 식견이라고 할 것까지는 아닐 터다. 이어지는 박광천 수석의 입담은, 마치 불도장에 대해서 미리 공부를 해 온 사람 같다.

불도장에는 죽순, 해삼, 전복, 상어 지느러미, 상어 입술, 돼

지 내장 등 수십 가지의 귀한 재료가 들어가는데, 그중 어떤 재료를 넣고 빼느냐에 따라 가격대가 다양하다. 즉, 한국에서도 몇 만 원대로 맛볼 수 있는 게 있는가 하면, 중국 본토에서 최고급 재료를 넣어 정통 조리법으로 만든 것은 오천 위안, 한화로는 팔십만 원이 넘기도 한단다. 19세기 말 처음 만들어진 불도장은, 개혁 개방을 시작한 중국이 외국 정상들을 초청하며 대접한 요리로도 잘 알려져 있다. 개혁 개방 후 1980년대까지 약 삼십여 명의 외국 정상들이 베이징을 방문했지만, 불도장을 대접받은 정상은 1984년 레이건 미국 대통령과 시아누크 캄보디아 국왕, 그리고 1986년 엘리자베스 영국 여왕, 단 3명뿐이었다. 비교적 최근에 미국 대통령이 방문했을 때도, 환영식은 황제 의전이라고 불릴 만큼 화려했던 데 반해, 국빈 만찬 메뉴는 다소 평범했다는 평이었단다.

결국 하고 싶었던 얘기는

"이번 국빈 방문 기간 내내 국내의 일부 언론에서는 홀대니 뭐니 하면서 쓸데없는 잡음을 냈지요! 그러나 지금 이 불도장 요리 하나만 보더라도 그런 게 다, 말 그대로의 그냥 잡음에 불과하다는 반증으로 충분하지 않겠습니까?"

박광천 수석이 장황하게 불도장 얘기를 꺼내면서 결국 하고 싶었던 얘기는 그것이었던 모양이다.

그러나 김강한의 관심은 처음부터 불도장의 맛 자체에만 있었다. 박광천 수석의 얘기는 대충 귓등으로 흘리며, 그가 불도장 그릇 가까이로 코를 가져다 대어본다.

'흠……!'

이 냄새를 어떻게 표현해야 할까? 푹 고은 듯이 구수한 고기 냄새에다, 은은한 바다 냄새가 절묘하게 조화되었다고 할까?

김강한이 이윽고 건더기를 한 국자 떠 올려보는데, 흐물흐물해진 그 형체에서는 원래의 재료가 무언지 짐작해 보기가 힘들다. 입에 넣고 씹어보니 야들야들한 식감이 살아 있으면서도 어느새 저절로 녹아버리는 듯하다. 진수는 건더기보다 국물이다.

진국이다. 진하면서도 느끼하지 않고, 부드러운 중에 깊다. 두어 모금을 마시자 속으로부터 따뜻한 기운이 온몸으로 퍼져 나가는 듯하다. 최고의 보양식이라더니 국물 몇 모금으로도 몸보신이,

팍팍!

되는 느낌이다. 물론 그가 딱히 몸보신을 해야 할 필요를 느끼는 것은 아니지만!

거슬리는

양국 정상의 건배와 덕담으로 정점을 찍은 만찬장의 분위기는 이제, 식사와 가벼운 담소들로 잔잔하고 온화하게 흐르고 있다. 그런데 김강한은 그에게로 향하는 시선 하나를 느끼고 있는 중이다. 좀 전부터 누군가가 계속 그를 주시하고 있는 것이다.

그가 은근히 신경이 쓰이던 끝에 슬쩍 한쪽을 돌아본다. 메인테이블의 후원창 주석과 가까운 쪽에 중국 고위급 인사들이 앉은 테이블, 그 바로 뒤에 서서 이쪽을 보고 있는 사내가 하나 있다. 삼십 대쯤으로 보이는데 중키에 호리호리한 몸매다. 그리고 검은색 정장의 차림새도 그렇지만, 테이블에 앉지 않고 서 있는 것으로 보아서 중국 측의 경호원인가 싶다.

눈을 마주치고도 사내는 굳이 시선을 피하지 않는다. 그런데는 김강한이 사뭇 거슬리긴 하지만, 그렇다고 그가 뭐라고 할 것도, 또 뭐라고 할 수 있는 것도 아니다. 그런데 김강한이 가볍게 미간을 한번 좁혀 보이고는 다시 시선을 거두려 할 때다. 갑자기 사내의 눈이 사라진다. 사내가 가볍게 웃은 때문이다. 사내의 두 눈은 상당히 작은 편인 데다 옆으로 길게 찢어진 실눈 형상이어서, 웃는 얼굴로 되자 마치 두 눈이 사라진 것처럼 보인 것이다. 다시 생겨나는 사내의 두 눈을 보고

서, 김강한이 내심 싱거운 실소를 흘리고는 천천히 사내에게서 시선을 돌린다. 사내의 까닭 모를 웃음이 또한 거슬리긴 하지만, 역시나 그가 뭐라고 할 것도, 또 뭐라고 할 수 있는 것도 아닐 터이다.

보결(步訣)

김강한의 미간이 다시금 설핏 좁아진다. 외면하고는 있지만, 실눈 사내가 계속 그를 주시하는 바람에 어쩔 수 없이 주의의 한 가닥을 그쪽에다 두고 있던 중이다. 그런데 문득 실눈 사내의 움직임이 감지된 때문이다.

실눈 사내가 테이블들의 사이를 돌아서 성큼성큼 걸어오고 있다. 사내의 그런 모습은 사뭇 거침이 없어서, 마치 자신의 존재를 일부러 드러내어 과시를 하려는 것처럼 보이기도 한다. 벌써 몇몇 사람들의 시선이 사내에게로 끌리고 있는 중이다.

경호실 이필준 차장의 눈빛이 날카로워진다. 실눈 사내가 걸어오는 방향이 그들이 앉은 테이블 쪽임이 분명해지는 터에, 다시 그 일직선의 연장선상에 백인호 대통령이 있기 때문이다. 물론 실눈 사내가 가슴에 패용하고 있는 비표와 명찰은 이미 눈으로 확인했다. 또 만찬장의 주요 포인트를 점하고 있는 중국 경호원들이 사내의 활보를 지켜보고만 있다는 점에서도, 사내가 적어도 신원이 보장된 자라는 사실은 믿을 수 있겠다. 그러나 누구라도 사전에 확인된 사유 없이 우리 대통령의 인접 위치로 접근하는 것은, 그 어떤 경우에도 용납될 수 없다.

이필준 차장의 눈짓을 받고 인접한 테이블에 분산하여 앉아 있던 청와대 경호 요원 세 사람이 자리에서 일어서며 재빨리 움직인다. 그러나 자연스럽게 실눈 사내의 진로를 차단하려던 경호 요원들은 다음 순간 크게 당황하는 기색들이 되고 만다. 어찌 된 노릇인지 실눈 사내가 이미 그들을 지나쳐 가고 있기 때문이다. 예상치 못한 상황에 이필준 차장도 얼굴이 딱딱하게 굳어지더니 반사적으로 김강한 쪽을 쳐다본다.

그러나 김강한은 그런 상황에 대해 알지 못한다는 듯이 짐짓 태연스럽다. 불도장 그릇으로 국자를 가져가던 그는 이미 그릇이 비어버린 것에 아쉬워하며, 국자 대신 젓가락을 들어 다른 요리로 가져간다. 한국어로 번역된 이름으로는 영빈냉채라는 요리다.

사실은 김강한 또한 내심으로 사뭇 당혹스러운 중이다. 이필준 차장과 같은 이유 때문은 아니다. 외단이 벌써부터 작동하고 있는 중이니, 실눈 사내를 제지하는 것은 언제라도 가능하다. 다만 실눈 사내가 방금 보인 보법(步法) 때문이다. 바로 보결(步訣)이다. 천공행결의 보결! 그것을 자신 아닌 다른 사람이 펼치는 모습을 보게 되리라곤, 더욱이 이런 자리에서 보게 되리라곤 미처 상상해 보지 못했던 일이다.

도발

실눈 사내가 다시 움직이고 있다. 아니, 움직인다고 생각하는 순간에 사내는 이미 그 세 명 청와대 경호 요원들의 사이를 다시 역으로 뚫고 지나가 있다. 기왕의 당황도 채 추스르지 못하고 있던 경호 요원들이 다시금 어안이 벙벙한 모습들인데, 실눈 사내는 발끝에다 힘을 주었다가 풀었다가 하는 모양새로 몸을 까딱거리고 있다.

'다시금 돌파를 할 테니, 막을 수 있으면 막아보라!'

마치 그렇게 경호 요원들을 조롱하는 듯한 모습이다.

만찬장의 시선들은 이제 일제히 실눈 사내와 청와대 경호원들의 대치로 향해 있다. 그런데 묘한 분위기인 것은, 후원창 주석을 비롯한 중국의 핵심 고위 인사들이 이 돌발적인 상황에 대해 당황스러워하기는커녕 의아해하는 기색조차 없다는 것이다. 오히려 그들의 얼굴에서는 희미하지만 느긋한 미소들까지 비치는 듯하다.

그런 데서 김강한은 설핏 짐작해 볼 수 있다. 이것이 중국 측의 도발임을! 낮에 중국 경호원들이 당한 것에 대해 저들의 방식으로 되갚아주려는 것임을!

귀신이 곡할 노릇

이필준 차장의 얼굴이 벌겋게 달아올라 있다. 그리고 조금 뒤늦게야 돌아가는 상황을 파악한 것으로 보이는 백인호 대통령의 얼굴도 사뭇 딱딱하게 굳어들고 있다. 지금의 상황을 별일 아닌 것으로 넘길 수도 있겠지만, 또 손님의 입장에서야 그렇게 넘어가는 수밖에 별다른 수가 있지도 않겠지만, 그래도 기분이 상하는 건 어쩔 수 없는 노릇이리라! 힐끗 김강한 쪽을 돌아보는 백인호 대통령의 눈빛에서 그런 심사가 오롯이 느껴진다.

'제가 나서기를 바라시는 겁니까?'

마주 바라보는 김강한의 시선에서 대통령은 아마도 그런 정도의 뜻을 읽은 모양으로, 가만히 고개를 가로젓는다.

'경솔하게 행동해서는 안 되네!'

아마도 그런 표시이리라! 그렇다면 김강한으로서야 얌전히 있을 수밖에 없는 노릇이다. 그런데 다시 그때다. 실눈 사내가 또다시 움직이고 있다.

이번에는 미리서부터 잔뜩 긴장을 곤두세우고 있던 세 명의 청와대 경호 요원들이 즉각적으로 반응한다. 사내의 진로를 가로막는 소극적 제지보다는 아예 사내의 팔과 어깨와 허리 등을 일시에 제압해 나간다. 그러나 그 순간이다. 실눈 사내의 몸이 기묘하게 흔들린다. 흠칫대는 듯도 하고 혹은 꿈틀거리는 듯도 하다. 그러더니 어느 틈엔지 경호 요원들의 압박을 벗어내고는 앞으로 쭉 빠져나가 버린다.

그야말로 귀신이 곡할 노릇이다. 경호 요원들은 이번에도 어떻게 손을 써볼 수가 없었으니, 그저 멍하니 넋을 놓고 섰을 뿐이다.

박장대소(拍掌大笑)

짝~짝~짝~짝!

중국의 고위급 인사들이 앉은 테이블 중에서 누군가 박수를 친데 이어,

"와~하하하!"

하는 웃음소리까지 낸다. 가히 박장대소(拍掌大笑)다. 그리고 그것으로 지금의 상황이, 그들이 의도하고 있던 것이라는 사실이 보다 분명해졌다고 할 것이다.

그런 중에 실눈 사내는 느긋하게 움직이는 것 같으면서도 어느 틈에 김강한의 바로 가까이까지 접근해 와 있다. 그러고

는 위에서 내려다보듯이 빤히 김강한을 쳐다본다. 그럼으로써 사내는 자신이 도발하고자 하는 상대가 누구인지를 명명백백하게 드러내고 있는 것이리라!

'네가 그렇게 대단하다며? 그러나 기껏 네 따위의 얕은 재주로, 감히 나를 어떻게 해볼 수 있겠느냐?'

제압

김강한이 앉은 채로 고개를 들어 실눈 사내를 마주 본다. 내려다보는 실눈 사내의 입가에 느긋한 미소가 매달린다. 그리고 그 미소는 다시 비릿한 조소로 바뀐다. 김강한이 왼손을 뻗어 그의 오른 어깨를 잡아갔기 때문이다. 사뭇 느릿하게! 여전히 앉은 채로!

김강한의 손이 뻗어 오는 것을 관찰이라도 하듯이 잠시 지켜보던 실눈 사내의 눈에 설핏 실망스럽다는 빛이 스친다. 그리고 막 어깨를 잡히려는 찰나에 사내는 예의 그 '흠칫대는 듯도 하고, 꿈틀거리는 듯도 한' 기묘한 움직임으로 찰나지간에 몸을 뒤로 뺀다. 그런데 여유롭게 뒤로 미끄러져 나가던 사내에게서 희미한 경호성이 흘러나온다.

"엇?"

어느 틈엔지 김강한이 그에게로 바짝 다가서 있기 때문이다. 실눈 사내의 움직임이 급변한다. 속도가 배가되고, 순간순간 방향을 트는 바람에 휘청거리는 모습이 위태롭기까지 보인다. 그러나 사내는 여전히 김강한을 떨쳐내지 못한다. 김강한이 크게 서두르지 않고 사뭇 여유로운 모습인데도! 그리고 다시 한순간이다.

"어… 억?"

실눈 사내가 억눌린 소리를 뱉고는 멈춰 선다. 한껏 크게 떠져 실눈이 아니게 된 그의 눈에 경악이 서린다. 한쪽 어깨를 김강한에게 잡히고 만 것이다.

김강한이 실눈 사내를 다시 테이블로 끌고 간다. 그런데 그 광경이 또 사뭇 묘하다. 기껏 어깨 한쪽을 잡힌 것치고는 너무 무기력하다 싶을 정도로, 사내가 감히 저항하지 못하는 모습으로 순순히 끌려가는 때문이다. 지금까지 사내가 보여준 놀라운 재주를 생각할 때는, 너무 간단히 굴복하는 모습이 아닌가? 그런 때문인지 만찬장 전체는 일시의 정적에 휩싸여 있다.

천천한 걸음으로 실눈 사내를 테이블까지 끌고 온 김강한이 의자에 앉으며 사내의 어깨를 가볍게 누른다. 그러자 사내는 힘없이 허리를 접으며 바닥으로 털썩 무릎을 꿇는다. 그런 모습에는 나직한 놀람과 탄식의 소리들이 곳곳에서 새어 나오며, 만찬장을 짓누르고 있던 잠시 동안의 정적이 깨진다.

실눈 사내는 얼굴이 검붉게 변했고, 이마는 땀으로 번들거린다. 나름으로는 김강한의 제압에서 빠져나가려고 안간힘을 쓰는 모양새다. 그러나 얼굴로만 그럴 뿐, 막상 그의 몸은 꿇어앉은 채로 얌전하고도 다소곳한 모습이다.

전혀 특별하거나 의외이지도 않은 것처럼

김강한이 실눈 사내의 어깨를 누르고 있던 손을 천천히 거둔다. 그러나 사내는 마비라도 된 듯이, 혹은 감히 엄두를 내지 못하는 듯이 여전히 꿇어앉은 채로 얌전한 모습이다.

토닥토닥!

김강한이 가만히 사내의 어깨를 토닥여 준다. 그때다. 사내가 화들짝 놀란 모양으로 되더니,

벌떡!

몸을 튕겨 일으킨다. 그리고 예의 그 기묘한 움직임과 놀라운 빠르기로 쭉 뒤로 미끄러져 나가는데, 단숨에 십여 미터의 거리를 달아난다. 그리고 나서야 멈춰 서며 뒤를 돌아보는 사내의 창백한 얼굴에는 새삼스러운 당황과 경악이 떠올라 있다.

그러나 그때 김강한은 느긋하게 테이블의 요리로 젓가락을 가져가고 있다. 그가 아직 맛을 보지 못한, 겨자스테이크라는

이름의 요리다. 실눈 사내가 짧게 숨을 내뱉는다. 그리고 어딘가를 향해 미미하게 고개를 숙여 보이더니, 빠른 걸음으로 곧장 만찬장을 나가 버린다.

이필준 차장은 슬쩍 양국 정상들의 분위기를 살핀다. 내내 담담하거나 혹은 여유로운 미소를 띠고 있던 후원창 주석의 얼굴은 지금, 사뭇 건조하달 정도로 무표정하게 변해 있다. 반대로 간간히 의례적인 미소는 지었으되 결코 여유롭지는 않아 보였던 백인호 대통령의 얼굴에는 사뭇 느긋해 보이는 웃음기가 떠올라 있다.

국빈 만찬은 예정된 시간보다 1시간 이상을 넘겨서야 끝이 난다. 중간에 예상치 못한 에피소드가 있긴 했지만, 그런 것은 전혀 특별하거나 의외이지도 않은 것처럼 아주 우호적이고도 돈독한 분위기였다.

초대

김강한이 숙소인 호텔로 돌아와 간단히 샤워를 끝내고, 막 소파로 가서 앉을 때다.

똑! 똑!

바깥에서 누군가 노크를 한다. 김강한이 가볍게 실소부터 짓는다. 아마도 이필준 차장이나 박광천 수석 쪽에서 맥주나

한잔하자고 찾아온 것이지 싶어서다. 만찬장에서의 사뭇 특별했던 상황들을 안주 삼아서 말이다. 그런데 그가,

"누구세요?"

하고 묻는 말에, 밖에서 돌아오는 대답은 예상 밖에도 알아듣지 못할 중국어다.

'룸서비스인가? 시키지도 않았는데……?'

의문이 생기는 것이지만, 김강한이 일단은 문을 열어준다. 문 앞에는 유니폼 차림의 호텔 종업원이 서 있다가, 메모지 한 장을 건넨다.

"누가 이걸 전하라고 하던가요?"

김강한이 물었지만 종업원은 고개를 가로젓는다. 무슨 말인지 모르겠다는 표시에다, 자신은 그냥 심부름을 할 뿐이라는 의미쯤으로 보인다. 이어 종업원은 역시나 중국말로 뭐라고 몇 마디를 하고는 총총걸음으로 가버린다.

[조태강 씨! 당신을 초대합니다! 오늘 밤 9시 정각에 호텔 로비로 내려오면, 당신을 기다리는 사람이 있을 것입니다!]

메모지에는 한글로 그렇게 적혀 있다. 사뭇 황당한 노릇이다. 자신이 누구인지 정체도 밝히지 않고, 또 이유를 말하지도 않고, 다짜고짜 초대를 하겠다니! 그런데 한글로 된 내용

밑으로 다시 몇 줄이 더 있다. 그러나 그것이 순전히 한자들뿐이라는 데서는 다시금 어이가 없다.

'어쩌라고?'

天空行訣

대수롭지 않게 여기고 메모지를 소파 앞 탁자에다 던져두려다가, 김강한은 문득 강한 흥미에 휩싸이고 만다.

[天空行訣]

메모지의 한자들 중에서 가장 앞쪽에 있는 그 네 글자 때문이다. 그도 익히 아는 글자들이다. 바로 천공행결!

그가 새삼 그다음의 한자들을 살펴본다. 그러나 아주 쉬운 것 두어 개를 제외하고는 그가 알지 못하는 한자들이다. 그런데 이내 다시 묘하다. 잠시 들여다보고 있는 중에 그것들이 문득 익숙해지는 것이다. 여전히 그 뜻은 말할 것도 없고, 읽는 것조차 가능하지 않은데 말이다.

그것이 바로 천공행결의 요결인 때문이다. 그의 머릿속에는 천공행결의 과두문 원본과 한자 번역본의 한자들, 그리고 심지어 도해와 강수문의 한글 번역본까지가 마치 사진을 찍어놓은 듯이 선명하게 각인되어 있다. 그런데 지금 메모지의 한자들은, 그의 머릿속에 각인된 한자 번역본의 한 구절과 글자의 형체들이 대부분 일치하는 것이다.

다만 메모지의 한자들이 그의 기억과 완전히 똑같지는 않다. 몇 개는 다른 글자가 있고, 또 글자의 순서가 앞뒤로 바뀐 것도 있고, 또 어떤 부분은 몇 개의 글자가 없어진 부분도 있다.

바로 그자

아홉 시!

김강한이 로비로 내려가자 말끔한 차림의 사내 둘이 그에게로 다가온다. 그런데 그 둘 중의 하나는 김강한이 아는 얼굴이다. 옷차림이 바뀌었고 안경까지 쓰고 있는 탓에 대번에 알아보지는 못했지만, 바로 그자다. 만찬장에서의 그 실눈 사내!

그러나 그리 놀라울 건 없다. 메모를 보낸 사람이 필시 그자와 관련이 있을 거라고, 그가 미리 예상을 해본 바가 있으므로! 좀 더 솔직히 말하자면 그런 예상 이전에, 비록 이런 형태일 거라고까지는 짐작하지 못했지만, 실눈 사내 쪽에서 그를 찾아오도록 의도적인 계산을 깔아놓은 바가 있기도 하다.

다분히 의도적인 계산

'지금? 아니면 나중을 기약할 것인가?'

만찬장에서 실눈 사내가 보결을 펼치는 것을 본 순간, 김강한은 놀람과 함께 잠깐의 갈등에 빠졌었다. 천공행결을 운용하는 자라면, 요결을 쫓는 자들과 어떤 연관이 있을 공산이 아주 크다고 할 것이다. 최소한 그자들의 실체에 접근할 수 있는 실마리가 되리라는 것은 분명하다.

그런 이상에는, 뜻하지 않게 맞닥뜨린 이 천재일우(千載一遇)의 기회를 아무런 소득도 없이 무산시킬 수는 없는 노릇이다. 지금이 아니면, 이런 기회가 다시 있을 거란 기대는 결코 할 수 없을 것이니 말이다. 수단과 방법을 가릴 것 없이, 그가 알고자 하는 정보를 최대한 얻어내야만 하리라!

그러나 그가 현재 처해 있는 입장에서는, 오로지 그의 사적인 목적을 위해서만 함부로 행동을 할 수는 없다. 아무리 거침없이 살기로 마음먹은 처지라지만, 나라에 폐가 되는 행위를 할 만큼 거침이 없어서야 안 되는 것이 아닌가? 그가 아는 어떤 이종(異種)의 인물은, 생사가 갈리는 최후의 순간까지도 '조국에 해(害)가 되지 않아야 한다!'고 자신의 신념을 꺾지 않았었는데 말이다.

그가 보결을 운용하는 모습을 실눈 사내에게 굳이 보여준

것은, 그런 생각들 끝에 나온 다분히 의도적인 계산이다. 사내가 보결을 펼친 이상, 분명 그의 보결도 알아볼 것이다. 그렇다면, 요결을 찾기 위해 한국까지 와서 그처럼 집요한 추격을 벌였던 자들이니만큼, 분명 그자들 쪽에서 자신을 찾아오리라는 계산이다. 지금 이 자리가 아니라고 해도, 그리 멀지 않은 시점에!

누구라도 데리러 오겠지

실눈 사내가 중국어로 뭐라고 말을 건네는데, 곁에 섰던 반백 머리의 중년 남자가 곧바로 끼어든다.

"그것에 대해서 당신과 함께 얘기를 나누고 싶습니다! 함께 가주시겠습니까?"

악센트가 약간 어색하기는 하지만, 딱히 크게 흠잡을 데가 없는 한국어다. 소통을 위해 통역을 데리고 온 것이리라! 그리고 '그것'이라 함은 천공행결을 말하는 것이리라!

"싫다면?"

이미 초대에 응하려고 나온 마당이면서도 김강한이 슬쩍 트는 체를 해본다. 반백 사내가 당황스러운 표정으로 되었다가 조심스럽게 통역을 하자, 실눈 사내의 표정이 어두워진다.

"초대를 억지로 할 수는 없는 노릇이겠지요! 정말 아쉽지만 정히 싫다고 하신다면, 저희로서는 인연이 닿지 않는 것이라 여기고 이만 물러가도록 하겠습니다!"

어두운 표정과는 다르게 실눈 사내의 목소리는 담담하다. 마치 이런 상황에 대해서는 이렇게 대응하리라고 미리 정하고 오기라도 한 듯하다. 김강한이 오히려 설핏 당황스럽지만, 짐짓 덤덤한 체 말을 받는다.

"당신들이야 천공행결에 관심이 있어서 그러는 것 같은데, 나로서야 당신들의 관심을 충족시켜 주기 위해 굳이 수고로움을 감수해야 할 까닭은 없는 것 아니겠소?"

실눈 사내의 표정이 펴진다.

"저희가 천공행결에 관심이 있는 것은 사실입니다! 그러나 저희와 얘기를 나누는 것은 당신에게도 분명히 큰 이득이 될 것입니다!"

"이득? 내게 무슨 이득이 된다는 것이오?"

"초대에 응해주신다면 자세히 알게 될 것입니다만, 당신을 만나고 싶어 하는 것은 우리뿐만이 아닙니다!"

"당신들 말고도 나를 만나고 싶어 하는 사람들이 또 있다? 그들이 누구요?"

"지금 말씀드릴 수 있는 것은, 그들이 저희와는 달리 당신에 대해 상당히 적대적이고도 파괴적일 것이라는 사실입니다!"

김강한이 고개를 갸웃한다. 그러나 '적대적이고 파괴적일 것'

이라는 사내의 말에서 직감해 볼 수 있는 건 있다. 즉, 실눈 사내가 속한 쪽 외의 또 다른 쪽이야말로 그가 한국에서 맞닥뜨렸던 바로 그자들, 요결을 쫓는 자들일 수 있겠다는 직감이다.

"좋소! 일단 당신들의 초대에 응하는 걸로 합시다!"

김강한이 선뜻 승낙을 한다. 그러자 실눈 사내의 기색에서는 오히려 의아함이 스친다. 김강한이 자신들의 초대에 응하더라도 최소한의 안전보장에 대해서는 확인과 요구를 할 법한데, 막상은 너무 쉽게 따라나서려는 모습에 대해서일 것이다.

김강한은 슬쩍 재킷 주머니를 더듬어본다. 주머니 안에는 그의 안전을 보장해 줄 최소한의 수단이 들어 있다. 휴대폰이다. 그 어떤 위험한 상황과 맞닥뜨린다고 할지라도 크게 무서울 게 없는 그이지만, 다만 걱정되는 것은 말이 안 통하는 데다 북경의 지리에 대해서도 완전히 까막눈이라는 것이다. 그러나 휴대폰만 있으면, 그래서 전화만 할 수 있다면, 누구라도 그를 데리러 오겠지 하는 심산이다.

로비 밖에는 BMW 마크가 달린 SUV 차량 한 대가 대기하고 있다. 통역을 하는 반백 사내가 운전대를 잡는다. 그리고 실눈 사내가 김강한에게 뒷문을 열어준 뒤, 자신은 조수석에 탄다.

제3장

—

실마리

이게 대체 무슨 짓거리인가

삼십여 분을 달린 끝에 차는 이윽고 시가지를 벗어나 한적한 외곽지로 접어든다. 차창 너머 캄캄한 어둠 속에서 멀리 거대한 도시의 조명들이 밤하늘의 별처럼 총총히 빛나고 있다.

다시 얼마를 더 달렸을까? 문득 차가 멈춰 선다. 그러나 차창으로 살펴본 주변에는 여전히 어둠뿐 아무것도 없다. 조수석에서 실눈 사내가 내리기에 김강한이 따라 차에서 내린다.

그런데 그 순간이다.

부우~웅!

급한 엔진 소음을 내며 차가 가버린다. 차의 꽁무니 불빛에 비친 바닥은 차선이 없는 시멘트 포장도로다. 김강한이 딱히 당황할 것도, 또 굳이 물을 것도 없이 그저 덤덤히 실눈 사내가 하는 양을 지켜본다. 그런데 다시 그때다. 갑자기 사내가 냅다 달리기 시작한다.

"훗!"

김강한이 차라리 실소를 뱉는다. 느닷없는 상황들이 이어지고 있는 데 대해서다. 사람을 초청해 놓고 이게 대체 무슨 짓거리인가 말이다.

무리(無理)

사내는 이미 저만큼 앞쪽에서 어둠 속을 달려가고 있다. 그런데 문득 김강한의 흥미를 잡아끄는 게 있다. 사내의 달리는 자세와 연속 동작들에 대해서다. 사뭇 눈에 익다. 바로 행결(行訣)이다. 천공행결의 행결!

그러나 사내가 펼치고 있는 행결은 이내, 김강한으로 하여금 약간의 이질감을 느끼게 만드는 데가 있다. 만찬장에서 사내가 보결을 펼쳤을 때는 딱히 느껴보지 못했던 종류의 것이다. 우선 뚜렷하게는 속도에서 그렇다. 일반의 보통 사람이 달리는 속도보다는 사뭇 빠르다. 그러나 행결을 펼칠 때 나오는 폭발적인 속도에는 많이 못 미친다. 어떤 무리가 있어 보인다고 할까?

그리고 김강한은 이내 사내의 행결이 내포하고 있는 무리를 짐작해 본다. 내공이다. 보법요결인 보결에 비해, 행결은 경공요결인 만큼 상당한 내공의 뒷받침이 되어야만 한다. 그런데 짐작하건대 실눈 사내의 내공 기반은 천공행결을 제대로 펼치기 위해서 필요한 수준에는 많이 부족해 보인다.

벤치마킹

김강한은 단숨에 실눈 사내와의 거리를 좁힌다. 다만 바짝 따라잡지는 않고 십여 미터의 거리를 둔 채 느긋하게 뒤를 따른다. 사내는 김강한이 그렇게 간단히 뒤쫓아오리라고는 미처 예상을 하지 못한 듯하다. 뒤를 한 번 돌아보지도 않고 오로지 달리는 데만 전력을 다하고 있다. 그런 사내에게서는, 한번 당하긴 했지만 행결에서만큼은 결코 지지 않겠다는 오기 같은 것이 엿보이는 듯도 하다. 물론 사내가 뒤를 아예 확인도 하지 않는 데는, 요즘 김강한의 행결이 속도에 더해 은밀성까지 가지게 된 까닭도 있을 것이다.

김강한은 사내가 펼치는 행결을 유심히 살펴보는 중이다. 비록 내공의 뒷받침이 되지 않아 제대로 된 속도를 발휘하지는 못하고 있으나, 그 자세와 몸놀림 자체에서는 제법 눈여겨볼 만한 부분들이 있어서다.

천공행결의 요결 중 보결의 경우에는 내공을 운용하는 방법에 더해 보법을 밟는 형태나 외형적인 동작의 변화까지 자세히 다루는 부분이 있다.

그러나 행결의 경우에는 몸을 가볍게 하고 속도를 내는 경공요법에 충실하여, 내공의 운용적인 측면에만 거의 전적이다시피 치중을 하고 있다. 그런 까닭에 김강한 역시도 행결의 근원적인 이치에는 충실하더라도, 외형적으로 딱히 어떤 격식이나 요령이 따로 있지는 않다.

그런데 지금 실눈 사내가 펼치고 있는 행결에서는, 자세나 몸을 움직이는 요령이 사뭇 다듬어진 느낌이다. 뭐랄까? 한층 실용적이고 효율적인 부분이 있다고 할까? 만약 행결의 이치에 대한 이해도가 같은 정도이고, 내공 또한 같은 수준이라고 전제를 한다면? 오히려 실눈 사내의 행결이 내공의 소모를 줄이면서도 보다 지속적으로 행결의 속도를 발휘할 수 있겠다는 의미이다. 그런 점에서는 김강한이 벤치마킹을 할 만한 요소가 제법 있다고 하겠다.

천공행결의 원주인

한참 더 전력 질주를 한 끝에 실눈 사내가 이윽고 속도를 늦추고 있다. 그리고 한껏 거칠어진 숨결을 추스르며 힐끗 뒤를 돌아보던 사내의 두 눈이 부릅떠진다. 김강한이 바로 가까이에서 뒤따르고 있다는 걸 그제야 발견한 때문이리라!

앞쪽의 어둠 속에서 일단의 불빛들과 함께 어렴풋한 건물의 형체가 보인다. 대문을 활짝 열어젖히고 있는 그곳은, 꽤나 규모가 있는 저택쯤으로 보인다. 실눈 사내의 뒤를 따라 안으로 들어서자 뒤에서 소리 없이 대문이 닫힌다. 그러나 김강한이 굳이 고개를 돌려 확인하지는 않는다.

드문드문 석등(石燈) 형태의 조명이 켜져 있지만, 그것들만으로는 어둠을 다 몰아내지 못할 만큼의 넓은 정원이다. 그 가운데쯤에 세 사람이 서 있다. 깡말랐지만 뒷짐을 지고 선 자세가 꼿꼿한 노인 하나와, 짧은 콧수염을 기르고 있는 중년 사내, 그리고 아까 통역을 맡고 차를 운전했던 반백 머리의 사내다.

실눈 사내가 노인을 향해 공손히 허리를 숙여 보인 다음에 노인의 뒤쪽으로 가서 선다. 그러자 노인이 김강한을 향해 뭐라고 말을 건넨다.

"묻겠소. 귀하는 진정으로 천공행결을 알고 있소?"

반백 사내의 통역이다. 다짜고짜 본론으로 들어가자는 식의 질문이지만, 김강한이 짐짓 느긋하게 받는다.

"당신들이 말하는 것과 내가 알고 있는 것이 같은 것인지는 모르겠습니다! 그러나 내가 천공행결이라고 이름 붙여진 요결에 대해 알고 있는 것은 사실입니다!"

"으음……!"

탄식인지, 노인이 사뭇 무겁게 느껴지는 소리를 흘리고 나서 다시 묻는다.

"천공행결은 단순히 요결을 알고 있다고 해서 터득할 수 있는 것이 아닌데, 귀하는 어떻게 천공행결을 익힐 수 있었소?"

"그건 좀 얘기가 복잡합니다만……."

김강한이 짐짓 말을 줄이고 나서, 가볍게 반문한다.

"그런데 당신들은 어떻게 천공행결을 알고 있는 것입니까?"

그 질문에 대해서는 노인이 잠시 형형한 눈빛으로 김강한을 응시한 다음에야 진중하게 대답을 내놓는다.

"우리야말로 천공행결의 원주인이오!"

"원주인……?"

"그렇소! 천공행결은 수백 년 동안이나 계승되어 내려온 우리 가문의 상징이자 유산이오!"

노인의 그 말에 대해서는 김강한이 원래 목적했던 바의 질문을 꺼낸다.

"그렇다면 당신들이 바로, 천공행결 등의 요결을 찾겠다며 한국에 왔던 그 사람들입니까?"

"아니오! 우리는 한국에 간 적이 없소!"

노인이 간단히 부인한 다음에, 담담한 투로 덧붙인다.

"우리가 귀하에 대해 알게 된 것은, 귀하가 오늘 북경의 만찬장에서 천공행결 중의 보결을 펼쳤다는 얘기를 듣고 나서요!"

김강한으로서는 일단 실망스럽지 않을 수 없는 대답이다.

판을 깰 수는 없으니

"당신들 말고도 나를 만나고 싶어 하는 사람들이 또 있고, 그들은 나에 대해 상당히 적대적이고도 파괴적일 것이라고 하던데, 그들은 누굽니까?"

그것은 김강한이 당장에 해볼 수 있는 마지막 질문이다. 노인이 가만한 한숨으로 잠시 틈을 두었다가, 한층 진중한 투로 말을 꺼낸다.

"귀하의 그 물음에 대답하는 건, 사실 우리 가문의 입장에서는 상당한 위험을 감수해야만 하는 일이오! 따라서 그 대답을 듣기 위해서는 귀하 역시도 우리가 감수해야 할 위험에 상응하는 대가를 치러야만 서로 공평하다고 할 수 있지 않겠소?"

김강한이 가볍게 미소를 떠올리며 받는다.

"내게 원하는 게 뭔지 말씀해 보십시오!"

"귀하가 알고 있는 천공행결의 요결! 바로 그것이오!"

"글쎄요……!"

김강한이 잠시 뜸을 들였다가 받는다.

"요결을 따로 가지고 있지는 않지만, 머릿속에 외우고 있으니 써드리는 건 어렵지 않습니다! 다만 제 물음에 대한 대답을 먼저 해주십시오!"

노인이 또한 잠시 김강한을 응시한 다음에야 대답을 낸다.

"귀하가 과연 요결을 외우고 있는지에 대해 먼저 확인을 시켜주시오! 그런 다음에 귀하의 물음에 대한 답을 드리겠소!"

김강한의 미간이 절로 찡그려진다. 노인의 이런 방식은 영 마땅하지가 않다. 일을 괜히 복잡하게 풀려는 것이 아닌가 말이다. 그러나 어쨌든 지금 그의 입장에서 먼저 판을 깰 수는 없으니, 일단은 상대방의 요구에 맞추는 수밖에 없을 노릇이다.

"확인을 시켜달라니, 어떻게 해달라는 것입니까?"

"우리가 드린 메모를 가지고 계시오?"

호텔에서 건네받았던 메모지를 말하는 것이리라! 김강한이 주머니에서 메모지를 꺼내자, 노인이 다시 말을 잇는다.

"거기에는 우리 가문이 보유하고 있는 천공행결 중의 한 구절이 적혀 있소! 귀하가 외우고 있는 요결의 내용과 같은지 다른지를 우선 말해보시오! 그리고 만약 다르다면, 구체적으로 어느 부분이 어떻게 다른지도 말해보시오!"

'일부러 틀린 부분을 넣었다는 것인가?'

김강한이 언뜻 그런 생각을 해본다. 메모지의 한자들이 그의 기억 속에 있는 한자 번역본의 그것들과 완전히 똑같지는 않아서 몇 개는 다른 글자가 있고, 또 글자의 순서가 앞뒤로 바뀐 것도 있고, 또 어떤 부분은 몇 개의 글자가 없어진 부분도 있다는 것을, 그가 이미 확인을 했던 바이니 말이다.

확실하지 않으면?

김강한은 메모지의 내용을 간단히 수정한다. 몇몇 글자에 대해서는 줄을 긋고 고치거나 삭제 표시를 하고, 어떤 부분에서는 삽입 표시를 하고 글자들을 추가한다.

다만 그가 쓰는 글자들은 삐뚤빼뚤해서 그야말로 그림을 그리는 수준이다. 막상 그가 아는 한자들이 아닌 까닭이다. 머릿속에 사진처럼 박힌 기억을 따라 그려내는 것이니, 그럴 수밖에 없다.

이윽고 수정을 끝낸 김강한이 메모지를 노인에게 건넨다. 노인이 받아서는 잠깐 훑어본 뒤, 그것을 다시 곁의 예의 그

짧게 콧수염을 기른 중년 사내에게로 넘긴다. 콧수염 사내는 진지한 기색으로 집중하며 한참이나 메모를 들여다보는데, 그런 그의 두 눈이 마치 조명의 불빛에 반사라도 된 듯이 형형하게 빛난다.

"지금 수정한 부분들이 정말 확실한 겁니까?"

김강한을 향해 진중한 투로 물은 것은 콧수염 사내다. 아직 인사도 나누지 않은 처지에 사내의 그런 불쑥 물음은, 김강한이 진작부터 애써 눌러두고 있던 못마땅함을,

툭!

튀어나오게 만들고야 만다.

"확실하지 않으면? 내가 일부러 틀리게 적기라도 했다는 것이오?"

콧수염 사내의 눈빛이 곧장 날카로워지는데, 그때다.

"험……!"

노인이 나지막한 헛기침으로 분위기를 환기시킨다. 그러자 콧수염 사내가 감히 거역하지 못하는 듯이 뒤로 한 걸음을 물러선다.

서로의 공평을 기하기 위해서

"제 자식의 무례에 대해서는 대신 사과드리겠소!"

노인이 김강한을 향해 가볍게 목례한 뒤, 다시 차분하게 말을 잇는다.

"다만 귀하가 방금 수정한 내용의 진위 여부는, 우리 가문에 있어서 가히 일대 사건이라고 할 만큼 엄청난 의미가 있소! 그런 까닭에 민감해질 수밖에 없는 것이니, 부디 양해를 부탁드리겠소!"

김강한이 또한 불쾌감을 추스르며 묻는다.

"수정한 내용의 진위 여부란 건 무슨 뜻입니까?"

"우리 가문의 요결과, 귀하의 요결! 그 둘 중의 하나는 오류를 포함하고 있다는 의미요!"

"오류? 당신들이 나를 시험해 보기 위해서 메모에 일부러 틀린 내용을 포함시켰다고 생각했는데, 그게 아니었습니까?"

노인이 무겁게 고개를 가로젓는데, 그 기색이 무겁다 못해 심각하기까지 하다. 김강한이 잠시 생각을 정리한 다음에 다시 말을 꺼낸다.

"나는 지금 어떤 자들을 추적하고 있는 중입니다! 아까 물어본 바도 있지만, 그자들은 천공행결 등의 요결을 좇아 한국에까지 왔던 자들입니다! 내가 당신들의 초대에 응해 여기에 온 것도, 당신들이 그자들과 관련이 있는지를 확인하기 위해서입니다! 그러나 당신들이 그자들과는 무관하다고 하니, 당신들에 대한 내 용무는 없어진 셈입니다! 다만 남은 관심이 있다면, 당신들 말고도 나를 만나고 싶어 한다는 사람들에 대해서입니다! 그런데 당신들이 이처럼 조심스러워하고, 또 일단 당신들의 그 대답을 듣고 나면 나는 다시 또 당신들의 요구를 들어줘야 하는 의무가 생기는 셈이 될 테니, 그러기 전에 나 역시도 먼저 확인을 해보아야겠다는 생각입니다!"

노인이 설핏 당혹스러움을 비쳤다가는 이내 담담하게 받는다.

"말씀해 보시오!"

"어쨌거나 나는 당신들이 관심 있어 하는 천공행결의 요결에 대해, 내가 과연 그것을 외우고 있다는 사실을 확인시켜 줬습니다! 그러니 서로의 공평을 기하기 위해서라도, 나 역시 당신들이 가지고 있는 그 대답이 과연 내 관심에 얼마나 부합하는지, 내가 추적하고 있는 그자들과 과연 관련이 있기는 한지부터, 먼저 확인해 보고 싶다는 겁니다!"

노인이 다시금 당혹스러운 빛으로 되는 중에, 김강한의 시선이 힐끗 노인의 등 뒤로 향한다. 콧수염 사내가 날카로운 눈빛으로 그를 쏘아보고 있다. 김강한 역시도 콧수염 사내에 대해서라면 불쾌한 감정이 여전한지라, 차가운 시선으로 맞받아준다.

노인이 뒤늦게 그런 분위기를 알아채고는, 뒤를 돌아보며 미간에다 깊은 세로 주름을 만든다. 콧수염 사내가 마지못한 듯이 시선을 아래쪽으로 내리깐다. 그러나 그런 사내의 두 눈에서는 여전히 불길이 타오르고 있다.

절호의 기회

노인은 천공가(天空家)의 십이 대 가주인 서활(徐闊)이다. 그리고 콧수염 사내는 서활의 차남인 서종(徐宗)이다.

서종은 아버지 서활의 뒤를 이을 천공가의 차기 가주로 가문 내의 공인을 받고 있다. 그런 공인이 가문의 업을 계승하는 데 관심이 없어 일찍이 가문을 떠나 전혀 무관한 업에 종사하고 있는 장남을 대신해서만인 것은 아니다. 그에게는 가업을 잇겠다는 스스로의 강한 의지가 있는 것이다. 과거에 비하여 그의 가문이 얼마나 쇠락하고 또 당당하지 못한 처지에 놓여 있는지를 알게 된 순간, 그는 맹세한 바가 있다. 반드시 그의 손으로 가문을 부흥시켜 과거의 위상과 영광을 되찾도록 만들 것이라고! 그것에 그의 삶과 인생을 온전히 걸기로!

그런데 그의 소명이자 야망이기도 한 그 맹세를 이루기 위한 결정적 열쇠를 취할 절호의 기회가 지금 바로 그의 눈앞에 있다. 자칫 방심해서 이 기회를 놓친다면, 그의 가문은 현재의 초라한 처지에서 영원히 벗어나지 못하리라! 지금 이 한 번의 기회에, 가히 가문의 존폐와 사활이 걸렸다고 할 것이다.

그러니만큼 그와 가문의 모든 역량을 다하여야 할 것은 당연하고, 더하여 그 어떤 수단과 방법을 동원해서라도 그 열쇠를 쟁취해야만 할, 절박하고도 절대적인 명분과 당위성이 있다고 할 것이다.

열쇠! 반드시 취해야만 할 그 결정적 열쇠는 바로 천공행결의 요결이다. 오류가 없는 완벽한 요결!

기대

"만약… 우리의 대답이 당신의 관심에 크게 부합되지 않는다면? 그때는 어떻게 할 것이오?"

서종이다. 그가 부친 서활의 앞으로 다시 성큼 나서며 묻는다. 그런 서종이 여전히 호의적이지는 않지만 사뭇 냉철하다는 데서, 서활이 이번에는 굳이 아들을 제지하지는 않는다.

"내 관심에 부합되는 정도에 따라, 나의 대응은 달라질 것이오! 즉, 완전히 부합한다면 당신들은 요결 전부를 얻을 수 있을 것이고, 만약 부족하다면 그 부족함만큼 당신들이 얻을 수 있는 요결도 부족해질 것이오! 만약 당신들의 대답이 내 관심과 전혀 무관하고 엉뚱한 것이라면, 더 이상 당신들과의 어떤 대화도 이어나갈 이유가 없으니, 나는 그 즉시 돌아갈 것이오!"

김강한이 담담하게 받은 데 대해, 서종의 얼굴이 곧장 붉게 달아오른다. 그러더니 이윽고는 불같은 호통을 내지르고야 만다.

"이런 오만방자한 자를 봤나? 기껏 손님의 예를 갖추어 맞아주었더니, 여기가 어디라고 감히 그따위 방자한 언행을 하는 것이냐?"

서활이 깜짝 놀라며 아들을 꾸짖는다.

"종아(宗兒)! 네 이 무슨 짓이냐? 당장 물러서지 못할까?"

그러나 서종이 부친을 향해 허리를 숙여 보이면서도 이번에는 기세를 굽히지 않는다.

"감히 가주의 명을 거스른 죄는 추후에 청하겠습니다! 그러나 지금은 가문의 존폐와 사활이 걸렸다고 할 만큼 중대하고도 절박한 순간입니다! 상황이 그러하니 나중에 파문을 당한다고 하더라도, 지금은 제 소신과 의지대로 행하지 않을 수 없습니다!"

서종의 기세가 사뭇 굴강하고도 확고하다. 그런 데는 서활이 멈칫하고 만다. 아들인 서종의 성정은 그와는 확연히 다르다. 그가 온건하고 유화적이라면, 서종은 날카롭고 냉철한 성정이다. 특히 한번 결심이 서면, 저돌적이라 할 만큼 거침없이 부딪치며 돌파해 나가는 유형이다. 그가 가지지 못한 그런 성정 때문에라도, 서활은 아들에 대한 기대가 있다. 아버지로서

아들에 대한 기대라기보다는, 식솔들에게 제대로 된 비전조차 제시하지 못하는 유약한 당대 가주로서, 가문을 크게 일으켜 세울 차기 가주에 대한 기대다. 그런 터에 지금 서종이 저처럼 명확하고도 확고한 태도를 보이는 데는 분명 그만한 까닭이 있을 것이라고 일단 믿어보지 않을 수 없다.

'후우~!'

내심으로 한 가닥의 깊은 숨을 내쉰 서활이, 가만히 한 걸음을 뒤로 물러선다.

오히려 바라는 바

노인과 콧수염 사내 간의 사뭇 비장하기까지 한 대화에 대해서는, 반백 사내가 통역을 하지 않은 까닭에 김강한으로서는 무슨 내용인지 알 수가 없다. 다만 분위기만으로도 대강의 흐름을 읽을 수는 있다.

더욱이 그는 진작부터 감지를 하고 있는 중이다. 정원의 조명 불빛이 미치지 못하는 어둠 속에 적어도 삼사십 명에 이르는 무리가 몸을 숨기고 있다는 것을!

그러나 그런 것에 대해 그가 조금이라도 위압을 느낄 것은 아니다. 기껏 그런 정도로 그를 어떻게 해보려 한다면, 저들에게는 큰 오산이 될 것이다.

저들 쪽에서 무력을 쓴다면, 그로서는 오히려 바라는 바다. 이런저런 고려나 고민 없이, 그가 원하는 것을 보다 간단하게 얻을 수 있을 테니 말이다.

유령

"여기는 중화(中華)의 본토이다! 그리고 대(大)천공가다! 그러니 너는 마땅히 천공가의 법도를 따라야 할 것이다!"

서종의 외침에 묵직한 위엄이 담긴다. 그러나 김강한은 오히려 입가에다 가벼운 미소를 떠올린다. 여유이고, 나아가 오시(傲視)라고 하겠다.

"흥!"

서종이 차갑게 냉소를 흘린다. 그것이 신호였던 모양이다. 정원의 어둠 속에서 희미한 형체들이 불쑥불쑥 모습을 드러낸다. 이어 사십여 명에 달하는 무리가 빠르게 포위망을 형성하며 다가드는데, 그들이 들고 있는 도검과 창 등의 무기들이 조명 불빛에 반사되어 번뜩이면서 사방으로 섬뜩한 빛을 뿌린다. 매복하고 있던 천공가의 가솔(家率)들이다.

싱긋!

김강한의 입가에서 웃음기가 짙어진다. 다음 순간 그의 몸이 번뜩하며 사라지는가 싶더니, 어느 틈엔지 서종의 등 뒤로 옮겨 가 있다. 그리고 서종은 돌연히 목 뒤가 뜨끔한 느낌을 받고는, 그대로 온몸이 마비가 되고 만다. 그가 놀라 소리를 치고자 하지만, 입술만 겨우 달싹일 뿐 소리가 나오지 않는다.

그때 김강한은 다시 쏜 화살처럼 앞으로 튕겨져 나간다. 아니, 잔디 바닥을 미끄러지듯이 스쳐 가는 그의 모습은 차라리 몽환적이기까지 해서 마치 유령을 보는 듯도 하다. 그리고 그 순간까지도 서종에게 무슨 일이 벌어졌는지 짐작도 못 한 채로 계속 포위망을 좁혀들고 있던 무리 중에서 누군가

"엇?"

하고 놀란 소리를 토해낸다. 그리고 그자에게서 장검 한 자루를 낚아챈 김강한은 어느 틈에 다시 서종의 곁으로 돌아와 우뚝 버티고 선다.

초고수(超高手)

서종에게서 두어 걸음 뒤쪽에 있던 서활은, 김강한이 행한 그 일련의 과정들을 비교적 자세하게 지켜볼 수 있었다. 다만 김강한이 번뜩하는 순간에 서종의 곁으로 이동할 때까지만 해도, 그는 그것이 무슨 상황인지 눈치채지 못했고 차라리 의아함을 가졌었다. 그러나 이어 김강한이 너무도 빠르고 은

밀해서 마치 유령 같은 움직임으로 한 자루 장검을 낚아채고, 다시 서종에게로 돌아와 그의 목을 겨누는 일련의 광경을 보면서는 경악을 금치 못한다.

김강한의 유령 같은 움직임이야말로 천공행결의 행결이다. 행결이 그런 정도의 위력을 발휘할 수 있다는 걸 직접 목격한 서활은, 경악의 와중에도 부지불식간의 감탄을 불어내지 않을 수 없다. 그런 한편으로는 또, 아무리 빠르고 은밀한 움직임이라지만 서종이 전혀 아무런 대응도 하지 못하고 있다는 데 대해 불쑥 의혹이 치민다.

그러나 김강한의 첫 움직임에서, 즉 그가 처음 서종의 등 뒤로 이동했던 그 순간에 서종은 이미 제압을 당한 것이었음을, 서활은 뒤늦게야 알아채게 된다. 서종의 표정에 서린 경악과, 더하여 그의 이마에 흥건히 번지기 시작하는 땀에서다. 서종이 알 수 없는 어떤 형태의 제압을 당했고, 그것에서 벗어나기 위해 나름으로는 사력을 다해 발버둥 치고 있지만, 전혀 움직이지 못할뿐더러 심지어 소리조차 내지 못하고 있는 상황임을 짐작하게 된 것이다. 연이어 서활은 설핏 무언가를 떠올린다.

'점혈……?'

그리고 그렇게 설핏 떠올려 본 것만으로도 그는 다시금 흠칫 경악하고 만다.

점혈수법(點穴手法)! 인체에 있는 특정의 혈도나 경락을 짚어서 사람을 무력화시킨다는 최상승 경지의 무공수법! 이를테면 마혈(痲穴)을 짚이면 몸이 마비되고, 사혈(死穴)을 짚이면 죽으며, 수혈(睡穴)을 짚이면 잠들고, 아혈(啞穴)을 짚이면 말을 할 수 없게 되며, 혼혈(昏穴)을 짚이면 기절하게 된다는 것이다. 그러나 서활 자신부터가, 그저 오래된 옛날얘기에서나 등장하는 것이지 실제로는 가능하지 않다고, 간단히 치부해 온 것들이다. 그러나,

'정말로 점혈수법이라면……?'

이라는 다시금의 가정에서는, 새삼스러운 경악이 그의 등골을 서늘하게 만든다.

'상대가 하고자만 했다면, 간단히 사혈을 짚을 수도 있었을 것이 아닌가?'

라는 생각에서다. 그리고 다시,

'그렇다면 우리는 감히 감당할 수 없는 상대를 선불리 건드리고 만 것이 아닌가?'

하고 이어지는 생각에서, 경악은 이윽고 섬뜩한 공포로 진전이 된다. 원주인의 입장에서도 감탄을 금치 못할 천공행결의 경지에다, 실제로 가능하다고는 생각하지 못했던 최상승 경지의 무공수법까지도 간단히 운용하는 초고수(超高手)라면! 자칫 오늘부로 그의 천공가는 그 맥이 끊기고 말 수도 있는

노릇이다.

만약 성의가 느껴지지 않는다면

"자! 어떤가? 상황이 좀 달라진 것 같으니, 이젠 과연 누가 누구의 법도를 따라야 하겠는가?"

김강한의 말을 옮기는 통역의 목소리가 확연히 떨려 나온다. 그리고 서종의 목에 시퍼렇게 번뜩이는 날을 지닌 한 자루 장검이 겨누어져 있는 것을 보고서 모든 움직임이 멈춰 버린 장내에는, 한층 무거운 침묵과 팽팽한 긴장이 더해진다. 무심한 시선으로 주변 사방을 한번 훑어본 김강한이 차분하게 가라앉은 목소리로 말을 잇는다.

"당신들이 이렇게 나와주니, 나로서는 오히려 번거롭지 않아서 좋군! 자! 그럼 다시 본론으로 돌아가서, 당신들이 가진 대답을 들어보기로 할까? 아! 그 전에 먼저 얘기해 두고 싶은 건, 내가 사실은 성질이 몹시 급한 사람이라는 것! 그러니까 만약 당신들의 대답에 성의가 느껴지지 않는다면, 그때 내가 어떻게 변할지는 나 스스로도 장담하지 못한다는 걸, 미리 참고해 두라는 것이지!"

장내의 침묵과 긴장에 서늘함이 더해진다.

족쇄와 실마리

"고인(高人)을 미처 몰라보고, 우리가 감히 가벼이 범한 무례와 잘못된 처사에 대해 사죄와 함께 너그러운 용서를 청하오!"

서활이 김강한을 향해 두 손을 모으고 서며 침중한 얼굴로 말을 꺼낸다. 이어 그는 김강한을 향해 정중하게 포권의 예를 취한 다음, 다시 허리를 곧게 펴고는 말을 이어간다.

"그러나 한편으로 귀하께서 지금 우리에게 가하고 있는 위협에 대해서는, 심심한 유감을 함께 표하는 바이오! 비록 귀하의 재주와 능력이 세상에 드물 만큼 놀라운 것이라고 할지라도, 그렇다고 해서 우리를 쉽게 굴종시킬 수 있다고 생각한다면 큰 오산일 것이오! 우리는… 우리 천공가는……! 목숨을 구걸하기 위해 협박에 굴종하는 그런 곳이 아니오! 목숨보다도 명예를 중히 여기는 곳임을 무겁게 말씀드리는 바이오!"

김강한은 설핏 화가 치민다. 서활이 원래의 부드러움과 온화함 대신에, 아주 다른 사람이라도 된 것처럼 사뭇 대쪽 같은 기개를 보이는 데 대해서다. 그리하여 그가 요구하는 바를 결코 쉽게는 들어주지 않겠다는 의지로 해석되는 때문이다. 그의 화는 다시, 불쑥하니 충동으로 진전된다.

'목숨보다도 명예를 중하게 여긴다고? 정말 그런지 한번 볼까?'

그러나 그는 다시 스스로를 추스른다. 물론 그에게는 충동이 시키는 대로 행할 수 있는 능력이 있다. 고문을 해서라도 그가 원하는 대답을 들을 수 있을 것이고, 더욱 잔혹하게는 후환의 여지조차 남기지 않을 수도 있다. 그러나 그렇게 과격하거나, 더욱이 잔혹해질 필요까지는 없는 것이리라! 어차피 이들은 그가 추적하고 있는 실체가 아니다. 그리고 그 역시도, 비록 조태강의 이름이긴 하지만 어쨌든 한국 대통령을 수행하는 신분으로 중국에 와 있다. 그런 이상에는, 단지 화나 충동 따위를 이유로 해서 함부로 벗어 내던질 수는 없는 족쇄를 차고 있는 처지라고 할 것이다.

그리고 다른 무엇보다도, 이제 추적의 실마리 하나를 겨우 찾았는데, 실체와 이어지는 연결 고리에 대해 아무것도 알아내지 못한 채로 그 실마리를 끊어버릴 수는 없는 노릇이다.

천락비결

"당신은 누구인가?"

한동안이나 담담히 쳐다보고만 있다가 불쑥 꺼내는 김강한의 물음에, 서활이,

"나는 천공가(天空家)의 십이 대 가주 서활……."

하고 저도 모르게 대답을 하다가는, 흠칫 말을 멈춘다.

부르르!

서활이 가늘게 몸을 떨고 만다. 뒤늦은 자책이다. 아니, 놀람이다. 그 자신의 의지에 상관없이 무심결에 뱉어진 말에 대한! 스스로 천명한 바도 있듯이, 그는 위협에 쉽게 굴하는 사람이 결코 아니다.

바로 천락비결 때문이다. 남녀 간의 관계에 관한 모든 분야를 그야말로 망라하고 있는 광범위한 연구서! 그 첩첩의 내용들 중에서 남녀 간의 미묘한 심리에 대해 다룬 일맥! 그리고 그 일맥에서 다시 가지를 치고 나간 갈래 중에서 다루어지는 일종의 최면요법! 김강한이 이전에 플라밍고라는 바(bar)의 마담에게 한 번 펼쳐본 바도 있던 그 수법은, 그때에 비해서 한층 발전된 단계에 있다.

"나를 만나고 싶어 한다는 사람들! 나에 대해 상당히 적대적이고도 파괴적일 것이라고 한 사람들! 그들이 누구인가?"

김강한이 서활을 응시한 채로 다시 묻는다. 그러나 이번에 서활은 곧바로 대답을 내지 않는다. 그의 굳게 다물린 입술에서는, 상대의 사이한 수법에 한 번은 당했으되 두 번은 당하지 않으리라는 결기가 비친다. 그러나 김강한의 눈빛이 깊어지자,

"으… 음!"

서활이 가느다란 신음을 흘려내며, 마른침이라도 삼키는

듯이 그의 목젖이 두어 번이나 꿈틀거린다. 그리고 흔들리는 눈빛으로,

"휴~우~!"

가늘게 한숨을 불어 내쉬더니, 이윽고 힘겹게 입을 연다.

"그들은… 으음……! 그자들은……."

제4장
—
염원

그자들이다

갑작스러운 소란이 일어나고 있다. 정원을 넓게 점유하고 있던 천공가 가솔들의 후미 쪽으로부터다. 뭐라고 놀란 외침들이 터져 나오더니, 급박한 움직임들이 연이어진다.

일단의 무리가 천공가의 담장을 넘어들고 있다. 이십여 명에 이르는 그 일단의 침입자들은, 대문을 두고 담장을 넘어오는 것치고는 기습을 하는 모양새도 아니고 서두르는 기색도 보이지 않는다. 오히려 당당한 중에 맹렬한 기세로 몰아쳐 온다. 천공가의 가솔들이 그들을 막아가는 모습을 보던 중에, 김강한이 탄성이다시피 내심의 외침을 뱉는다.

'그자들이다!'

드럼통처럼 두터운 몸집의 거구! 아래위로 회색의 통가죽 옷을 입은 듯한 특이한 차림새! 침입자들은 예전 서해 개발 사무실에서 김강한이 두 차례나 맞닥뜨린 적이 있는 바로 그 괴수 같은 괴인들이다.

"우~앗!"

"끄~앗!"

밀집대형을 이룬 그들 이십여 명의 괴인들이 괴성을 내지르며 탱크처럼 진격해 오는 위용은 가히 압도적이다.

천공가의 가솔들이 산발적으로 밀집대형에 부딪쳐 보지만, 아예 상대가 되지 않는다. 괴인들은 몸을 움츠려 얼굴과 상체의 주요 급소를 보호한 채로 타격과, 심지어 도검의 공격까지도 육탄으로 받아낸다. 엄청난 힘에다 도검조차 통하지 않는 괴인들의 거침없는 진격에 천공가의 가솔들은 속수무책으로 밀리고 만다.

국외자의 입장

거침없이 밀고 들어와 정원의 끝단 경계까지 천공가의 가솔들을 밀어붙인 뒤에야, 괴인들은 진격을 멈춘다.

"연 당주! 이 무슨 횡포요?"

서활의 노한 호통이다.

괴인들의 밀집대형 후미에 서 있는, 큰 키의 깡마른 체형에 긴 말상의 얼굴을 지닌 사내를 향해서다. 사내, 연 당주가 괴인들의 대형 가운데로 천천히 걸어 나오며 나직한 소리로 받는다.

"서활! 우리는 선대의 인연을 중히 여겨서 당신네 가문에 선의를 베풀고 귀한 선물까지 준 바 있거늘, 당신은 어찌하여 의리를 배신하고 당신들의 욕심만 채우려 하는가?"

"배신이라니? 그 무슨 가당찮은 소리요?"

"닥쳐라! 그동안의 돌아가는 사정들을 우리가 다 지켜보았거니와, 지금 이곳에서 벌어지고 있는 상황만으로도 모든 것이 명백하다고 할 것인데, 지금 구차스러운 변명을 하려는 것인가?"

연 당주가 차가운 호통에 이어, 날카로운 시선을 서활의 옆쪽으로 돌린다. 김강한을 향해서다.

그러나 김강한이 일단은 슬쩍 눈길을 피한다.

상황이 어떻게 돌아가는지에 대해 당장에는 파악하기 어렵지만, 어쨌든 이 새로운 상황에 그가 굳이 서둘러서 개입할 필요는 없는 것이리라! 국외자의 입장에 서서 양쪽으로부터 좀 더 많은 정보를 얻은 다음에 개입을 해도 늦지 않으리라는 판단이다.

역부족

"우… 우욱……!"

서종의 입에서 억눌린 신음이 새어 나오고 있다. 터질 듯이 부릅뜬 그의 두 눈에 잔뜩 핏발이 선다. 마비된 몸을 어떻게든 풀어보려고 안간힘을 쓰는 모양새다. 김강한이 흘깃 시선을 주지만, 모른 체 그냥 둔다. 사실 서종의 마혈과 아혈은 그리 깊게 점혈이 되지는 않았다. 그러니 이제쯤에는 저절로 풀릴 시점이 되었을 것이다. 과연 마침내 서종의 혈이 풀린 모양이다.

"연 당주! 네 이노~옴! 네놈이 지금 감히 누구를 겁박하는 것이냐?"

폭발하는 듯이 대갈일성을 내지르며, 서종이 곧장 앞으로 쏘아져 나간다. 그런 중에 다시,

차~잉!

맑은 금속음이 울리는가 싶더니, 어느 틈엔지 서종의 손에 검 한 자루가 들려 있다. 낭창거리며 흔들리는 좁고 얇은 검신이 언뜻 유약해 보이지만, 석등의 어슴푸레한 불빛에도 푸

르스름한 빛으로 번뜩이는 칼날이 섬뜩한 느낌을 흩뿌리는 한 자루 연검(軟劍)이다. 서종의 그런 기세에 연 당주가 재빨리 괴인들의 밀집대형 안으로 물러선다.

취~릿!

서활의 연검이 호선을 그리며 밀집대형의 선두에 선 괴인 하나를 베어간다. 괴인이 상체와 목을 움츠리면서 예의 그 통가죽 방호갑(防護鉀)으로 보호되는 팔뚝과 어깨를 내밀어 서활의 검을 막는다.

츠~걱!

소리와 함께 검을 맞은 괴인의 방호갑이 길게 베어진다. 검의 예리함이 놀랍다. 괴인의 방호갑이 얼마나 단단하고 질긴지를 아는 입장에서 보기에는 그렇다. 서종이 잇달아서 맹렬히 검을 베고 찔러 나간다. 격렬한 움직임이지만, 그렇다고 마구잡이가 아닌 격식을 갖춘 일련의 검초(劍招)들이다. 거기에 연검의 예리함이 더해지면서 사뭇 놀라운 위력을 발휘한다.

그러나 다만 거기까지일 뿐이다. 괴인들의 방호갑에 손상을 가하지만, 막상 괴인들에게 위협이 될 만큼의 상처를 입히지는 못한다. 그런 데는 서종이 낭창거리는 연검을 제대로 제어하지 못하는 바람에, 그 예리한 위력을 온전히 다 발휘하지 못하고 있다는 느낌도 든다. 더욱이 격정에 사로잡혀 좌충우돌하는 사이에 서종은 괴인들의 밀집대형 가운데로 끌려 들어

가며 갇히고 만다. 그리고 다시 한순간에는,

"윽~!"

하는 다급한 소리와 함께 서종의 손에서 예의 그 연검이 허공 높이 튕겨나고 만다. 서종이 격렬한 충격을 받으면서 연검을 놓치고 만 것이리라! 서종이 연검의 예리함에 크게 의지하고 있던 중인데, 연검을 놓치고 나자 더 버티지 못하고 괴인들에게 붙잡혀 제압당하고 만다.

검명(劍鳴)

괴인들의 밀집대형이 다시 열리고, 무릎이 꿇린 서종을 연당주가 느긋하게 내려다보고 있다. 그러더니 문득 시선을 든 연 당주가,

삑!

하고 짧게 휘파람 소리를 낸다. 그러자 괴인들 중의 둘이 밀집대형에서 벗어나며 성큼성큼 앞으로 걸어 나온다. 곧장 김강한을 향해서다. 그러나 김강한이 그저 덤덤하게 바라만 보고 있는데, 이윽고 가까이 다가온 괴인들이

"끄~앗!"

예의 그 괴이한 소리를 내지르며 거칠게 김강한의 양어깨를 움켜잡아 온다. 그 순간이다.

번뜩!

김강한의 몸이 마치 환영(幻影)처럼 그 자리에서 사라진다. 바로 가까이에서 보고 있던 서활이,

"아……!"

하고 탄식인지 탄성인지 모를 소리를 흘리고 마는데, 그때쯤에 김강한은 이미 십여 미터를 이동해 있다. 그리고 태연스럽게 허리를 숙여 바닥에서 무언가를 집어 든다. 연검이다. 바로 좀 전에 서종이 놓쳐 버린!

취~릿!

취리~릿!

김강한이 허공에다 대고 연검을 몇 차례 휘두르자, 낭창거리는 검신이 호선을 그리며 날카롭게 공간을 벤다. 그런데 그때다. 검신이 한 차례 부르르 떨리더니,

우~웅!

하는 금속성의 울림을 흘린다. 검명(劍鳴)! 검이 우는 소리인가? 이어 낭창거리던 검신이 돌연히 빳빳하게 곧추선다. 검신에 내공이 주입된 결과다. 김강한이 다시금 가볍게 연검을 허공에다 떨치자, 검이 이번에는,

위이~잉!

하고 사뭇 표독스러운 느낌의 울음소리를 토해낸다.

절단

"끄~앗!"

"끄아~앗!"

김강한을 쫓아온 두 괴인이 거칠게 포효하며 다시금 맹렬하게 돌진해 온다.

빙글!

보결을 운용한 김강한의 몸이 반회전하며 옆으로 미끄러져 나간다. 그럼으로써 두 괴인을 가볍게 흘려보내는 동시에,

위이~잉!

그의 연검이 표독스러운 울음소리를 토해내며 공간을 베어 간다.

서~걱!

무언가 예리하게 베어지는 소리에 이어, 길쭉한 물체 하나가,

털썩!

둔탁한 모양새로 바닥으로 떨어져 내린다. 곧바로 검붉은 액체를 분출하는 참혹한 형상의 그것은, 어깨에서부터 예리하게 잘려 나간 사람의 팔이다. 두 괴인 중 하나의 오른쪽 어깨어림에서도 폭포수처럼 피가 분출되고 있다. 괴인의 그 단단하고 질기던 방호갑이 간단히 베어진 것은 물론이고, 아예 팔

까지 통째로 절단이 되어버린 것이다.

탄경(彈勁)

장내의 모두가 소리 없는 경악에 빠질 때, 김강한 역시도 움찔 놀라고 만다. 연검의 예리함이 그런 정도일 거라고는 그 역시도 미처 예상하지 못하였던 때문이다. 그때다.

"크아아~앗!"

팔이 잘린 괴인이 길게 부르짖으며 김강한을 향해 달려든다. 고통을 느끼지 못하는 듯이 오히려 더욱 포악한 기세다. 덩달아서 다른 괴인 하나도 김강한을 가운데에다 두고 마주 덮쳐든다. 그러나 김강한이 다시 연검으로 그 둘을 벨 작정은 차마 하지 못한다. 팔이 잘려 나간 어깨의 절단면에서 굵고 가는 핏줄기들이 여전히 솟구치고 있고, 그것이 사방으로 흩뿌려지는 참혹한 광경이 사람을 질리게 만드는 데가 있어서다. 그렇더라도 그가 두 괴인의 협공을 피해 나가기보다는, 그대로 그들 가운데에 우뚝 버티고 선다. 다음 순간이다.

파~팡!

공기주머니를 치는 듯이 가볍고도 경쾌한 소리가 잇달아서 난다. 그리고 김강한이 천천히 괴인들의 사이를 빠져나가는 중에, 두 괴인이 동시이다시피 바닥으로 무너져 내린다.

그런 그들의 입과 코에서 검붉은 빛의 피가 줄줄 흘러나온다. 탄경(彈勁)이다. 김강한이 가볍게 발출한 탄경이 괴인들의 내부를 뒤흔들어 놓은 것이다.

"아……!"

멀찍이서 지켜보고 있던 천공가 식솔들 중의 누군가에게서 숨죽인 탄성이 새어 나온다.

쇠로 쇠를 자르지는 못한다는 것

김강한이 천천히 다가오는 모습에 연 당주가 주춤 뒤로 물러난다. 그런 그를 안으로 들이면서 괴인들의 밀집대형이 다시 폐쇄된다.

김강한은 지그시 입매를 굳힌다. 연 당주라는 자는 저들의 조직에서 제법 직책이 있는 것으로 보인다. 그런 판단은 예전 서울에서 괴인들 다섯 정도를 지휘했던 사내를 보았거니와, 지금 연 당주는 그보다 훨씬 많은 이십여 명의 괴인들을 지휘하고 있다는 데서 유추해 보는 것이다. 또한 그럼으로써 이제 요결을 쫓는 자들에게 접근해 갈 새로운 실마리가 나타난 것이다. 바로 연 당주다. 김강한이 조금 더 속도를 붙이며 성큼성큼 괴인들의 밀집대형을 향해 다가간다. 그런데 그때다.

차차~착!

괴인들이 일제히 옆구리 어림에서 뭔가를 뽑아 든다. 그들의 통가죽 방호갑과 비슷한 회색의 그 물건은, 길이 30~40센티미터 정도 되는 강철봉쯤으로 보인다. 김강한이 내공을 주입하자,

우~웅!

하는 금속성의 울림과 함께 축 늘어져 있던 연검이 다시금 빳빳하게 곧추선다. 이어 그가 전면의 괴인을 향해 사선으로 검을 내리긋는다.

챙~!

연검이 괴인의 강철봉과 격돌하면서 짜랑한 금속성이 울리는 중에, 김강한은 가벼운 실망감을 느끼고 만다. 좀 전에 놀라운 예리함을 보였던 연검이, 능히 괴인의 강철봉을 잘라내지 못한 데 대해서다. 사실은 턱없는 기대일 터다. 쇠를 무 베듯이 하는 보검이야 전설에서나 나오는 얘기이고, 쇠로 쇠를 자르지는 못한다는 것은 너무도 분명한 사실이므로!

다시 한순간 김강한은 재빨리 뒤로 물러서지 않을 수 없다. 그와 강철봉을 부딪친 괴인의 좌우에서 각기 한 명씩의 괴인들이 날개처럼 뻗어 나오며 협공을 취해온 때문이다. 그러나 그 좌우의 괴인들은 퇴보(退步)를 밟는 김강한을 계속 쫓아 나오지는 않고, 이내 원래의 위치로 되돌아가며 밀집대형의 틈을 복원시킨다. 그리고 그런 패턴이 몇 번 더 반복되면

서, 김강한으로서는 이윽고 답답한 상황에 처하고 만다.

변화

질끈!

김강한이 입술을 한 번 깨문다. 그리고 그는 다시 앞으로 쇄도해 나간다. 밀집대형에서는 마찬가지의 패턴으로 전면과 좌우의 세 명이 한 조가 되어 그를 맞아 나온다. 그들 셋의 강철봉이 역시나 공식처럼 김강한의 머리와 양쪽 몸통을 후려쳐 나올 때다. 김강한이 지금까지와는 다른 변화를 준다. 주저앉듯이 몸을 낮추며 연검으로 바닥을 쓸어간 것이다. 다음 순간 그 한 조의 셋 중, 우측의 괴인이 풀썩 주저앉는다. 아니다. 괴인의 무릎 아래가 잘려 나가 버린 것이다. 그 절단면에서 폭포수 같은 핏줄기가 뿜어지는 중에, 김강한은 어느 틈에 좌측으로 미끄러져 나가 있는 중이다.

펄떡!

펄떡!

괴인에게서 분리된 무릎 아래 부분이 사방으로 피를 뿌려대며 바닥을 뛰어다닌다. 절단된 채로도 여전히 신경이 살아 있는 것이리라! 그때다.

삐익!

날카로운 호각 소리가 울린다. 그러자 괴인들의 밀집대형이 총총히 뒤로 물러난다. 한쪽 다리가 잘린 채로 바닥을 기는 괴인 하나를 버려둔 채다.

"와아~!"

환호성이 터져 나온다. 조금 뒤늦게야 상황을 파악한 모양새의 천공가 식솔들로부터다. 그들은 기왕에 김강한에 대해서도 적으로 돌려놓은 바가 있다. 그러나 지금의 환호에서 그들은, 김강한에 대해서보다는 괴인들에게 강렬한 적대감을 표시하고 있는 것이리라!

도주

괴인들의 밀집대형이 뒤로 물러나는 움직임이 멈추지 않을 뿐더러 더욱 빨라지기까지 한다. 갑작스럽고도 예상치 못한 상황이다. 그런 데서는 김강한이 설핏 다급해진다.

'도주를 하겠다는 것인가……?'

이십여의 괴인들 중 기껏 셋 정도가 전투력을 상실했다고 해서, 저들의 기세가 꺾일 것까지는 아니라고 할 것이다. 그런데 저들이 이처럼 쉽게 태도를 돌변하리라고는 미처 생각지 못한 일이다. 그런 중에도 재빠르게 정원을 가로지른 괴인들의 밀집대형은 벌써 담장 아래까지 가 있다.

김강한이 더는 두고 보지 못해서, 행결로 단숨에 거리를 좁혀간다. 그러자 담장을 등지고서 괴인들의 밀집대형이 멈춘다. 그리고 곧장 부딪쳐 가는 김강한을 맞아 세 명의 괴인들이 마주 대응을 해 나온다.

그런데 괴인들의 대응에 변화가 있다. 정면에서 하나, 좌우에서 하나씩 셋이 한 조로 대응을 한다는 점은 좀 전과 다르지 않다. 그러나 이번에는 그 세 명이 밀집대형에서 아예 분리되어 나오면서 김강한을 가운데다 두고 품자(品字) 형태로 포위망을 구축해 드는 것이다. 그러나 김강한으로서는 어쨌거나 정면으로 격파하기로 마음을 굳힌 다음이다.

악귀 나찰

위이~잉!

연검이 표독스러운 울음소리를 토해내며 곧장 괴인들을 베어간다.

채~챙!

연검에 부딪친 괴인들의 강철봉들이 강력한 반력에 튕겨 오르고, 그 틈새를 다시 연검이,

취리~릿!

번뜩이며 파고든다.

서거~걱!

근육과 뼈가 잘리는 소리가 섬뜩하다. 몇 줄기의 피 분수가 뿜어지는 중에 잘려진 살덩어리들이 바닥으로 떨어진다. 그러나 팔과 다리를 잘리고도 괴인들은 온몸을 던져 김강한을 덮친다. 십팔수가 현란하게 펼쳐지고,

팡~!

파~팡!

강력한 탄경에 괴인들이 튕겨 나간다. 그런데 어느 틈엔지 또 다른 세 명의 괴인들이 예의 그 품자 형의 포위망을 짠 채로 맹렬하게 김강한을 덮쳐온다. 더욱이 좀 전에 탄경에 튕겨 나가 쓰러진 자들이 바닥을 기어 와서는 남은 팔다리와 온몸으로 악착스레 엉켜든다.

그게 다가 아니다. 김강한이 일시 괴인들과 엉킨 틈에, 다시 다른 셋이 위를 덮어씌우듯이 덮쳐들고, 이어 또 다른 셋이 다시 그 위를 거듭 덮친다. 그리하여 김강한은 순식간에 괴인들에게 묻힌 형국이 되고 만다. 그의 몸 전체가 단단히 응축된 외단으로 보호되고 있긴 하다. 그러나 고통도 공포도 느끼지 않고 목숨조차 도외시하며 악착같이 엉켜 붙고 육탄으로 짓눌러 드는 이 괴물들은, 마치 지옥에서 기어 나온 악귀 나찰들처럼 끔찍하다.

"와아~앗!"

김강한이 기합처럼 부르짖으며 전력으로 외단을 떨쳐낸다.

와르~릉!

멀리서 들리는 천둥소리같이 은은하고도 웅장한 소리가 울리는 중에, 김강한을 덮치고 있던 괴인들이 일시에 밀려난다. 그 틈에 확보된 약간의 공간을 빌어, 다시 전력을 다한 십팔수가 펼쳐진다.

파~팡!

파파~팡!

괴인들이 속속 튕겨나고 나가떨어지면서 조금의 공간이 더 벌어진다. 그런 중에,

위이~잉!

연검이 표독스러운 울음소리를 토해내며, 무차별적으로 허공을 베어나간다.

취~릿!

취리~릿!

근육이 잘리고, 뼈가 잘리고, 사지가 잘리고, 몸통이 잘려나간다.

서~걱!

서거~걱!

사방 공간에 피가 난무한다. 무차별적인 도륙이다.

김강한은 잔뜩 피를 뒤집어쓰고 있다. 스스로의 모습을 보지 못하지만, 지금 그의 모습이야말로 악귀 나찰이다. 그러나 그는 스스로에 대해 잔인하다거나 잔혹하다고는 여기지 않는다. 이들은 인간이 아니다. 단지 맹목적으로 포악한 괴물들일 뿐이다.

놓치다

김강한은 퍼뜩 정신을 추스른다. 그의 주변에 더 이상 두 다리로 서 있는 존재는 없다. 바닥을 기어 엉켜드는 것들도 없다. 텁텁한 느낌에 손바닥으로 얼굴을 쓸자, 진득한 피가 잔뜩 묻어난다. 그런데 그것이 얼굴에서 닦아낸 피인지, 원래부터 손바닥에 묻어 있던 피인지는 분명치가 않다. 왜냐하면 지금 그의 온몸이 마치 뒤집어쓴 것처럼 온통 피투성이로 화해 있는 때문이다.

와~룽!

은은한 천둥소리와 함께, 그의 몸으로부터 시뻘건 피의 막이 분리되며 주변 사방으로 퍼져 나간다. 비로소 텁텁함이 씻겨진다. 그런데,

'아차!'

연 당주가 보이지 않는다. 그가 살기와 파괴에 몰입해 있던 잠시 동안을 틈타 연 당주가 사라졌다.

곧장 허공으로 도약한 그가 담장 위로 내려선다. 안력을 집중하자, 저 멀리 어둠 속을 치달리고 있는 한 무리의 희미한 형체가 보인다. 순간 그의 몸이 어두운 허공을 가로지르며 쏜살처럼 쏘아져 나간다. 그런 광경에는 천공가 안으로부터 몇 가닥의 속절없는 탄성들이 흘러나온다.

김강한은 빠르게 도망치는 무리와의 거리를 단축시킨다. 그런데 한순간 그 무리가 돌연 세 갈래로 나뉘더니, 각기 다른 방향으로 질주하기 시작한다. 그는 멈칫 멈춰 서고 만다. 더 이상 쫓기를 포기한 것이다. 셋으로 갈린 자들이 죄다 통가죽 괴인들뿐이며, 연 당주는 없음을 알아본 때문이다. 그리하여 결국 연 당주를 추격하기는 이미 어렵게 된 상황이라는 판단에서다.

소모품

허탈한 심정으로 다시 천공가로 돌아온 김강한의 눈앞에는 그야말로 목불인견의 광경이 펼쳐져 있다. 정원의 곳곳에 잘린 팔다리가 아무렇게나 널브러져 있다. 그런 중에 괴인들이 커다란 벌레처럼 꿈틀거리며 질척거리는 피 웅덩이 사이를 기어 다니고 있다. 비명도 없이, 고통의 신음조차도 없이! 그런 광경은 참혹하다 못해 차라리 몽환적인 느낌까지 주는 데가 있다. 지옥이 과연 존재한다면, 바로 이와 같은 모습이 아닐까? 그 자신이 만들어놓은 것이긴 하지만, 이제 살기와 긴장이 사라진 상태에서 목도하는 광경에 김강한은 새삼 참담한 심정으로 되고 만다. 그런데 그때다.

삐이~익!

먼 곳에서 길게 휘파람 같은 소리가 울린다. 그러나 마치 사방의 여러 곳에서 동시에 들리는 듯한 묘한 울림이 담겨 있어서, 소리의 방향을 특정해 보기는 어렵다. 그런데 다음 순간이다. 꿈틀거리며 바닥을 기어 다니던 괴인들이 동시이다시피 축 늘어지더니, 이내 움직임을 멈춘다. 한눈에 살피기에도 즉사다. 마치 그들의 몸속에 어떤 기폭장치가 심어져 있다가 일제히 터져 버린 것 같다.

사방에 널브러진 주검들! 새삼 참혹할지언정, 연민이나 동정은 생기지 않는다. 살아 있을 때나, 지금 그 삶이 멈춘 잔재로서나, 그들이 도무지 인간 같지 않기는 마찬가지다. 어쩌면 괴인들은 처음부터 한낱 도구이자 소모품으로 쓰이게끔 만들어진 존재들일 것이다. 그리하여 더 이상의 용도가 없어지면, 서슴없이 버려도 되는 그런 존재들!

구대마존(九大魔尊)

천공가의 가솔들이 부지런히 움직이며 장내 정리를 하고 있다. 그 모습을 망연하게 바라보고 있는 김강한의 곁으로 서활이 다가온다.

"저들이 바로 그자들이오! 귀공께서 알고자 하는 바로 그 자들!"

김강한도 이미 짐작하고 있던 바다. 그렇기에 새삼 허탈해진다. 연 당주라는 자를 놓치고 만 것에 대해서다.

"후우~!"

서활이 가느다랗게 한숨을 내쉰다. 그 또한 복잡한 심정인 것이리라! 그러더니 그가 나직한 투로 불쑥 묻는다.

"혹시… 구대마존(九大魔尊)에 대해 들어보셨소?"

순간 김강한은 저도 모르게 움찔한다. 그러나 이내 멋쩍은 웃음기를 떠올릴 수밖에 없다. 분명 처음 듣는 소리인데도 마치 무언가 굉장한 얘기를 들은 것처럼 움찔 놀라는 반응을 한 것에 대해서다.

"얘기가 좀 깁니다!"

그 말에서 서활은, 더 이상 어떤 조건에 연연하지 않고서 아껴두었던 얘기를 풀어놓으려는 듯하다.

밀마존맥(密魔尊脈)

천공가의 기원을 거슬러 가보면 그 시조가 되는 것은 구대마존 중의 일맥인 영마존맥(影魔尊脈)이다. 그러나 구대마존이 존재했다는 시기가 수천 년 전의 상고시대(上古時代)이니만큼, 그런 기원에 관해서는 그저 전설로 치부할 수밖에 없다. 그리하여 천공가 역시도 다만 상징적인 의미로만 여겨왔다.

그런데 최근의 한 가지 사건으로 인해 천공가는 자신들의 기원이 다만 전설이나 상징적인 의미만이 아니란 사실을 알게 된다. 더욱이 그들 외에도 구대마존의 또 다른 일맥이 현세에까지 그 명맥을 이어오고 있다는 사실도 확인한다. 밀마존맥(密魔尊脈)의 후예들이 천공가를 찾아온 것인데, 바로 연 당주와 예의 그 괴인들이다.

밀마존맥은 천공가에 대해 한 가지 심각한 의심을 가지고 있었다. 천공가에서 그들 밀마존맥의 무상지보가 되는 무공요결을 보유하고 있다는 의심이다. 물론 그런 의심은 터무니없는 것이다. 그러나 연 당주가 워낙 막무가내로 몰아붙였기에 양가의 무력 충돌이 불가피했고, 그 결과는 참담했다. 연 당주가 이끌고 온 밀마존맥의 괴인들에게 천공가는 이렇다 할 저항조차 해보지 못하고 허무하게 무너지고 만 것이다. 어쩌면 천공가로서는 그렇게 일거에 무너진 것이 차라리 다행이랄 수 있겠다. 덕분에 피해가 최소화된 점은 있으니 말이다.

다만 서활은 예의 그 꼿꼿한 기개로 끝까지 굴종하지 않았다. 자신들은 연 당주가 말하는 무공비결에 대해서는 전혀 알지 못하니, 그쪽에서 오해를 한 것이라고 차분히 해명하고 끝까지 설득했다. 그런 서활의 기개와 진정이 끝내는 통했던지, 연 당주는 일단 의심의 상당 부분을 풀었다. 서활이 나중에 돌이켜 보건대는, 어쩌면 연 당주는 천공가의 능력이 자신들이 예상했던 것보다는 뜻밖일 정도로 낮다는 사실에서, 그들이 가졌던 의심 즉, 천공가가 어떤 야욕을 품고서 자신들의 독문무공비결을 확보하였으리라는 의심이 지나쳤다는 판단을 한 것도 같다.

그리고 서활은 연 당주로부터 한 가지 뜻밖의 얘기를 듣는다.

뜻밖의 얘기

'밀마존맥의 독문무공비결이 중국 본토와 대만, 그리고 홍콩 등의 범중화권 고문(古文)학계와 전문가들 사이에 나돌고 있다!'

근래 밀마존맥에서는 그와 같은 정보를 입수하였고, 즉각 사실 여부의 확인에 들어갔다. 놀랍게도 사실이었다. 누군가 고대 문자로 기록된 그들의 독문무공비결을 문장 단위로 쪼개어 다수의 전문가들에게 해석을 의뢰한 바 있다는 사실을 확인할 수 있었던 것이다. 다만 그러한 작업은 이미 한참 전에 끝난 뒤였다.

밀마존맥에서는 상당 기간 총력을 기울인 끝에 그 작업 과정에 참여했던 일부의 전문가들로부터, 해석이 의뢰되었던 고대 문자로 된 문장의 일부와, 또 그것에 대한 해석 내용까지를 확보할 수가 있었다.

그리고 그들은 또 한 가지의 놀라운 사실을 확인할 수 있었다. 전문가들에게 해석이 의뢰된 무공비결은 밀마존맥의 것만이 아니었다. 즉, 구대마존의 다른 갈래인 영마존맥과 요마존맥(妖魔尊脈)의 무공비결까지 함께였던 것이다. 여기서 영마존맥이 곧 천공가이며, 그 무공비결이 천공행결임은 물론이다.

선물

연 당주는 태도를 바꾸어, 밀마존맥과 천공가 간의 유대를 말했다. 즉, 상고시대 전설의 구대마존은 서로를 존중하여 상호 간에 침범을 하지 않았다고 하니, 당대에서도 밀마존맥과 영마존맥은 형제의 예로 서로를 대하며 상부상조의 관계를 돈독히 하기를 바란다고 했다. 물론 연 당주의 그러한 말에는 은근히 상하 관계의 의미가 포함되어 있는 것이지만, 당시 서활로서는 그런 데까지 이의를 제기할 처지가 아니었다.

그리고 연 당주는 천공가에서 물러나기 전에, 서활로서는 간절했으나 감히 기대하지는 못했던 선물을 하나 베풀었다. 바로 그들이 대만에서 확보했다는 천공행결 중의 고대 문자로 된 원본 문장 한 줄과, 그것을 해석한 내용이다.

물론 그 선물에 담긴 의중을 의심해 보지 않을 수는 없었다. 이를테면, 밀마존맥에서 확보한 천공행결의 내용이 그 한 문장뿐만은 아닐 것이다. 그렇다면 그들이 가진 나머지를 미끼 삼아 향후에 천공가를 임의대로 통제해 보겠다는 심산이지 않겠는가?

그러나 어찌 되었건, 기껏 한 줄의 고대 문자로 된 문장과 그 해석에 불과한 그것은, 천공가에 엄청난 충격과 혼란을 일으켰다.

어느 쪽이 진본인가?

연 당주가 천공가에 준 원본 문장의 고대 문자는 과두문자였다. 천공가에서 보유하고 있는 천공행결의 요결이 해서(楷書) 기반의 정체(正體)인 점에서 단순히 비추어보자면, 그 과두문자의 문장이 오히려 역사가 깊다고 해야 할 터이다.

그리고 그 과두문자의 문장을 해석한 내용은 천공가가 보유한 요결 중의 한 구절과 거의 일치했는데, 그러나 완전히 똑같지는 않다는 점에서 천공가는 당장에 격한 혼란으로 빠져들고 말았다.

'과연 어느 쪽이 진본인가? 만약 새로운 내용이 오히려 진본이라면?'

비록 아주 미미한 차이일지라도, 그것으로 인해 요결의 해석에는 미묘한 차이가 야기된다. 더욱이 요결의 다른 문장들에서도 그러한 정도의 차이가 있다면? 그래서 천공행결의 전반적인 해석의 차이로 확장이 된다면? 그것은 실로 엄청난 의미를 내포하는 일대 사건이 될 것이다.

소수 유파(少數 流派)

천공가에 있어 천공행결은 단순한 무공요결이 아니다. 장구한 세월 동안 대대로 이어져 온 그들 가문의 상징이자, 혼이다. 그런 만큼 나아가 하나의 종교라고 할 만큼의 정신적인 가치를 두는 대상이다. 거기에 어떤 의심을 품는다는 것은, 곧 불경(不敬)으로 치부된다.

다만 그런 중에도 천공행결의 무공으로써의 본래 가치에도 크게 비중을 두고, 그 연구에 매진해 온 소수의 유파(流派)가 당대에까지 전해오고 있다. 서종이 바로 그 소수 유파의 당대 전승자이기도 하다. 그가 차남임에도 장남인 형을 대신하여 기꺼이 가문의 차기 가주가 되기를 자임한 데는 그런 사정도 있는 것이다.

그들 소수 유파에서는 벌써 오래전부터 천공행결의 해석상에서 일군(一群)의 의문점들을 발견했다. 그런데 하필이면 그 의문들이 상급 경지로의 성취를 가름하는 요결의 핵심적인 부분들이었다. 그리하여 그 의문들에 대한 완전한 해소가 없는 이상, 상급 경지의 성취는 요원할뿐더러 자칫 수련자에게 치명적인 위험을 유발할 수도 있는 문제다.

소수 유파는 누대에 걸쳐 집중적인 연구와, 위험을 감수하며 실험적 시도까지도 불사했다. 그러나 요결상의 의문점들은 끝내 풀지 못했다. 그리하여 결국에는 그러한 의문점들이 내포된 요결의 구절에는 어떤 상징적인 의미가 있을 것인데, 오랜 세월을 지나오면서 그 의미들이 달라졌거나 아주 사멸되어 버린 것이고, 그리하여 지금에 와서는 영영 풀 수 없게 된 것이리라 치부하고 이윽고 포기를 하게 되었다.

그런데 밀마존맥의 연 당주가 준 그 한 문장에서 천공가의 것과 미세하게 다른 부분이야말로, 바로 그 '일군의 의문들' 중의 하나가 되는 것이었다. 그리고 그것에 대한 해석상의 차이를 보는 순간, 서종은 직관(直觀)했다. 그 미세하게 다른 차이야말로 그들 소수 유파가 그토록 갈망하던, 요결상의 의문점들을 풀기 위한 커다란 실마리가 되리라는 것을! 그럼으로써 차마 인정하기 싫지만, 과두문자로 된 그 문장이야말로 진본 천공행결의 일부라는 사실을! 그리고 그의 그런 직관에서는 다시,

'그렇다면……? 우리 가문의 천공행결이 과연 진본이 아니라면, 그것이 만들어지는 과정에서는 왜 그런 심각하고도 치명적인 오류가 남겨지게 된 것일까?'

하는 의문이 새로이 생기는 것이지만, 작금에 천공가가 처한 상황에서야 그런 새로운 의문에 신경을 나눌 여유는 없었다.

일단의 추정들

서활의 얘기를 들으면서 김강한은 일단의 추정들을 정리해 본다.

우선의 추정은, 밀마존맥에서 범중화권의 고문(古文)학계와 전문가들 사이에서 나돈 것을 확인했다는 무공비결들에 대해서다. 그중에서 천공행결 외의, 그들 자신의 것과 요마존맥의 무공비결이 바로 천환묘결과 천락비결일 것이란 점이다. 물론

그중의 어느 것이 밀마존맥의 것이고, 또 요마존맥의 것인지까지야 그로서는 알 수 없는 노릇이다.

다음의 추정은, 어쨌든 요결들의 존재에 대해 알게 된 밀마존맥에서 가장 먼저 취했을 행위에 대해서다. 즉, 한국으로 인력을 급파하는 일이었을 것이란 점이다. 요결에 대한 해석을 의뢰한 주체를 추적해서, 그 주체가 가지고 있을 요결의 전부를 찾으려 했을 것이니 말이다. 그리고 한국에서 그들은 요결에 대한 해석을 의뢰한 주체 즉, 최도준을 찾는 데 성공한다. 그러나 곧바로 엉뚱한 사건들에 휘말리는 바람에, 파견한 자들이 모두 죽고 최도준마저 죽고 만다. 더하여 짐작하건대, 야쿠자와 최중건으로부터 역추적을 당하는 상황까지 겹쳤을 수 있으니, 일단은 중국으로 철수하지 않을 수 없었으리라!

밀마존맥에서 다음으로 파고들었을 대상은 그들이 기왕에 확보한 다른 두 종류 무공비결의 원주인 즉, 영마존맥과 요마존맥일 것이다. 아마 밀마존맥 역시도 천공가와 마찬가지로, 그 이전까지는 구대마존이라는 전설의 명맥이 현세에까지 이어지고 있을 가능성에 대해서는 크게 생각하지 않았을지도 모른다. 그러나 누군가 그들을 포함한 구대마존 중의 세 갈래의 독문무공비결에 대해 한꺼번에 해석을 시도한 상황에 대해서는, 다른 두 개 요결의 원주인들을 당장의 용의선상에 올려놓지 않을 수는 없었을 것이다.

그리하여 영마존맥을 이은 천공가의 존재를 찾아낸 밀마존맥은, 그러나 이렇다 할 성과를 거두지 못하고 일단 물러나는 모양새를 취한다. 그렇더라도 그들은 보이지 않는 곳에서 천공가의 동향을 면밀히 감시했을 것이다. 그런 중에 천공가에서 그를 초청한 것과, 이어 진행된 상황들까지를 지켜보았을 것이다. 그리고 그에게 그들이 원하는 바의 결정적인 단초가 있으리라 판단한 끝에, 천공가의 담장을 넘었던 것이리라!

염원

"귀공께 간절히 청합니다!"

불쑥 외치고 나선 것은 서종이다. 서활의 미간이 설핏 찌푸려질 때다.

털썩!

서종이 무릎을 꿇는다. 그리고 김강한을 향해 진중하게 이어내는 그의 말은 간절한 호소라고 할 만하다.

"천공행결은 저희 가문의 근원이자, 목숨으로 보존해야 할 혼(魂)입니다! 그런 천공행결에 오류가 있음을 알고도, 더욱이 그 오류를 정정할 방법이 있음에도 그것을 바로잡지 못한다면, 가문과 선대에 씻지 못할 죄를 짓는 일이라고 할 것입니다! 하여 이렇게 무릎 꿇고 귀공께 간절히 청합니다! 부디 천공행결의 오류를 바로잡을 수 있도록 도움을 주십시오!"

서활이 또한 미간의 세로 주름을 깊게 만들더니, 그예는,

"후우~!"

하고 긴 한숨을 토해낸다. 간절하기로 말하자면, 아들인 서종보다 그가 더하다. 과거의 선대는 구대마존으로서 천하에 군림했다고 하건만, 지금에 이르러 너무도 초라한 처지로 전락해 있는 가문의 당대 가주 된 처지로서의 심정은 차라리 애통하고 비통하다.

'천공행결상의 오류를 바로잡고, 그것으로 영마존맥의 영광을 재현시킬 수만 있다면!'

염원이다. 김강한을 통해서 미처 상상해 보지 못했던 천공행결의 초월적 경지를 직접 목도하지 않았던가? 당장에 너무 많은 것을 바랄 수는 없을지라도, 그러나 이제 꿈꾸지 못할 염원은 결코 아닌 것이다. 그럼으로써 더욱 간절해지는 염원이다.

열다섯 문장

"아무래도 내가 손해를 보는 것 같긴 하지만, 어쨌든 기왕에 얘기를 해놓은 것도 있고 하니… 뭐, 그럽시다! 내가 알고 있는 천공행결의 요결을 당신들에게 알려주도록 하겠소!"

김강한의 그 말에 장중에서는,

"아……!"

"아아~!"

하는 나직한 격동의 탄성들이 흘러나온다. 서종이 꿇어앉은 채로 정중히 감사를 표한다.

"감사합니다! 이제 귀공의 덕으로 가문의 천공행결이 완전해진다면, 두고두고 귀공을 은인으로 삼겠습니다!"

그러나 김강한이 무덤덤하게 고개를 가로젓는다.

"난 다만 내가 했던 말에 충실하려는 것일 뿐, 당신들에게 은인이 되는 것에 대해서는 별 관심이 없소!"

그렇게 자르고 나서, 김강한이 다시 가볍게 덧붙인다.

"그런데 나는 한자에 익숙하지 않은 데다, 제법 긴 요결을 하나하나 기억을 되살려 풀어내자면 시간도 꽤 걸릴 것 같으니… 아무래도 숙소로 돌아가서 그 작업을 하는 게 좋을 것 같소! 그러니 당신들은 내일 오후쯤에나 내게 사람을 보내도록 하시오!"

그러자 서종이 담담한 미소를 떠올리며 고개를 가로젓는다.

"아닙니다! 저희로서는 요결 전체를 다 필요로 하지는 않습니다! 저희도 누대에 걸쳐 요결을 연구하면서 의문이 되는 부분들을 정리한 바가 있고, 또 그 의문들을 해소하기 위해 각고의 노력과 각종의 시도를 해온 만큼, 오류의 소지가 있는 부분이 어느 대목인지에 대해서는 명확하기 때문입니다! 그러니 귀공께서는 저희가 제시하는 일부의 문장들에 대해서만 그 오류를 바로잡아 주시면 되겠습니다!"

"흠……! 그래요?"

김강한이 짐짓 생각을 해보는 시늉 끝에,

"그 일부의 문장들이 얼마나 됩니까?"

하고 다시 묻는다.

"문맥으로 묶으면 다섯 부분 정도이고, 문장으로 치면 정확히 열다섯 문장이 됩니다!"

"열다섯 문장이라……!"

김강한이 다시 잠깐의 틈을 두었다가 짐짓 흔쾌히 고개를 끄덕인다.

"좋소! 그럼 어디 한번 봅시다!"

그 말에 서종이 곧장 깊숙하게 허리를 접고, 서활이 또한 정중하게 머리를 숙인다. 그런 그들 부자의 얼굴에 숨길 수 없는 격정이 흐른다.

부정적일 수밖에 없는 이유

김강한이 천공가의 간절함이랄지 염원에 대해서는 대강이

라도 수긍을 할 수가 있다. 그러나 설령 그들이 원하는 바의 그대로를 그가 들어준다고 해도, 과연 그 간절한 염원이 이루어질 것인가에 대해서는 사뭇 부정적이다.

그가 부정적일 수밖에 없는 우선의 이유는, 천공가에서 자신들의 요결에 뭔가 오류가 있다고 생각하고 있는 자체에 대해 공감하기 어려운 때문이다. 그들이 오류라고 하는 것은 예컨대, 몇 글자가 빠지고 추가되고 위치가 바뀌고 하는 등등이다. 그런데 과연 그런 정도의 차이를 오류라고 할 수 있는 건지에 대해, 그로서는 동의하기가 어렵다는 입장이다. 당장 그의 경우에도 과두문의 원본에서부터 한자로 된 1차 해석본, 그리고 한글로 된 최종 해석본까지를 다 외우고는 있되, 과두문과 한자로 된 것은 아예 까막눈일뿐더러, 한글로 된 것조차도 이해 여부를 떠나서 전체 내용을 심도 있게는 새겨본 적이 없다. 그럼에도 그가 요결을 이해하고 있는 것은, 글자나 문장이 아니라 대개는, 아니, 전적으로 요결에 삽입된 도해를 통해서이다.

그러나 그가 부정적일 수밖에 없는 더욱 결정적인 이유는, 결국 내공 때문이다. 즉, 천공행결의 요결이 완전하다고 하고, 또 그 이치를 십분 이해했다고 쳐도, 그것을 운용하기 위한 적정 수준의 내공 기반이 없다면, 요결 자체만으로는 제대로 된 공능을 발휘할 수 없는 까닭이다. 그런데 그가 알고 있는 한, 천공행결에는 내공을 운용하는 이치는 있어도 내공의 기반을 만드는 이치에 대해서는 이렇다 할 언급이 없다. 그런 것은 천락비결이나 천환묘결도 마찬가지이지만!

짐작해 보건대는, 아마도 원래는 천공행결과 함께 그것을 뒷받침할 수 있는 독문(獨門)의 내공에 관한 요결이 별도로 전해졌을 것이다. 그런데 어떤 이유로 내공에 관한 요결은 중간에 유실되고 만 것이리라! 그리하여—지금 저들의 빈약한 내공 수준을 볼 때는— 아마도 정통의 내가(內家) 방식이 아닌 외가(外家) 쪽의 수련 방식을 접목시킨 것 같고, 그 결과 천공행결의 성취에서도 뚜렷한 한계에 봉착할 수밖에 없었던 것이리라! 그런 점에서는 그의 천공행결도 순수하다고 할 수 없다. 금강부동공이 섞여들었기 때문이다. 즉, 천공행결의 독문내공이 아닐지라도, 금강부동공의 신묘가 극적으로 합치되어 능히 천공행결이 가지는 본래의 공능 그 이상을 발휘하게 된 아주 특별한 경우인 것이다.

어쨌거나 저들이 지금 천공행결의 오류만 바로잡히면 모든 문제가 다 해결될 거라고 기대를 하는 것은, 큰 오해이자 오산이 될 공산이 크다고 하겠다. 그러나 지금 한창 기대에 들떠 있는 저들에게, 그가 그런 부정적인 속사정들까지를 굳이 말할 필요까지는 또 없을 것이다.

결국 불가능

김강한으로서도 미처 따져보지 못한 또 하나의 사실이 있다. 만약 천공가에 천공행결의 독문내공에 관한 요결이 있다고 가정하더라도, 그들이 천공행결의 본래 위력을 발휘할 만큼 높은 수준의 내공을 수련하기는 결국 불가능하리라는 사실이다.

또한 그로서는 미처 알지 못하고 있는 부분이지만—좀 더 정확하게는 기억을 하지 못하는 것이지만—, 그러한 사실은 일찍이 진소벽에 의해 소명이 된 바가 있다.

진소벽(陳小碧)! 어떤 초월적인 힘의 작용에 의해 장구한 시공간을 뛰어넘어 불완전한 영(靈)의 상태로 진초희의 의식 경계 한구석에 깃들었던 존재! 이후 진초희와의 합일 때 그의 의식 속으로 넘어왔으나, 이윽고 독립된 존재로서의 의지를 잃고 그의 무의식 속으로 깊숙이 침잠하고 만, 그 비운의 존재 말이다.

진소벽은 자신이 있던 원래의 세상에서 누구도 도달해 보지 못했던 무의 궁극적 경지를 이루었던 존재다. 그리하여 그녀가 깃든 진초희의 육체로 하여금도 그녀의 예전 경지에 도달하게 하는 데 별다른 문제가 없으리라 여겼다. 그러나 그녀는 전혀 생각지 못했던 난관에 부닥치고 만다. 새롭게 처한 세상의 환경이 그녀의 원래 세상과는 완전히 달라진 까닭이다.

결정적으로는 이곳 새로운 세상의 기(氣)의 밀도가 그녀의 원래 세상과 비교해서 겨우 육십분의 일 정도밖에 안 된다는 점이다. 단순히 환산하자면, 내공을 쌓는 데 있어 원래 세상과 대비해서 육십 배의 시간과 노력이 소요된다는 결론에 도달했던 바 있는 것이다.

추가와 생략

펜을 든 서종의 손이 거침없이 움직이는 중에, 짧지 않은 열다섯 문장이 그야말로 일필휘지로 종이에 채워진다. 그런 데서는 그가 과연 얼마나 오랜 시간에 걸쳐 각고의 노력과 절실함으로 천공행결의 요결을 연구해 왔는지를 능히 짐작해 볼 만하다.

다만 서종이 써 내려간 필체는 너무 달필이라서 그런지, 김강한이 기억하고 있는 한자 번역본의 글씨체와는 사뭇 달라서 낯설어 보이기까지 한다. 그러나 잠시 주의하여 살펴보는 것으로, 김강한은 이내 그 열다섯의 문장들을 그의 기억 속 한자 번역본의 문장들과 대치시킬 수 있게 된다.

김강한이 서종에게서 펜을 건네받는다.

그리고 서종이 써놓은 문장에다 다르고, 추가하고, 생략해야 할 부분들을 명기해 나간다. 그가 써나가는 한자는 서종의 훌륭한 필체와는 비교조차 할 수 없이 조악한 정도로 삐뚤빼뚤하다. 그러나 그는 그림을 그리듯이 한 획 한 획 정확하게 써나간다.

제5장

백팔아검(百八牙劍)

괜히 켕기는 마음에

이윽고 김강한이 작업을 마치고 뒤로 물러선다. 그러자 모두의 시선은 오로지 그 한 장의 종이로만 집중되고, 김강한에 대해서는 더 이상 아무런 관심도 없는 듯하다.

김강한이 한쪽으로 물러나 잠시 멀뚱하니 있던 중에 문득 보니 검 한 자루가 옆쪽의 탁자 위에 놓여 있다. 바로 그 연검이다. 그가 내공을 주입하자 놀라울 만큼의 예리함을 발휘했던! 그가 따로 챙긴 기억은 없으니, 아마도 격전 중에 어디에

팽개쳐진 것을 누군가 주워서 이곳에다 가져다 놓은 것이리라! 소외된 중에 무료하기도 해서 그가 연검의 검신을 가만히 쓰다듬어 본다. 그러자 그의 손가락 끝을 통해 차가우면서도 청량한 촉감이 싸하니 전해온다.

그런데 김강한이 잠시 그러고 있을 때다. 흘깃 시선을 들어 보니 마침 서활이 그를 보고 있는 중이다. 그가 괜히 머쓱하다. 천종가의 차기 가주인 서종이 지니고 있던 물건이고, 또 그것이 선보인 놀라운 예기를 보더라도 연검이 결코 범상한 물건은 아닐 것이다. 그런데 그가 주인의 허락도 구하지 않고 쓴 것이며, 더욱이 기왕에 썼으면 제대로 챙겨서 돌려주어야 할 것을 아무 데나 내팽개쳐 버린 데 대한 겸연쩍음이다.

그런 중에 서활이 이윽고 그를 향해 성큼성큼 다가오기에, 김강한이 괜히 켕기는 마음에 자발적으로(?) 얼른 연검을 건넨다.

이해타산(利害打算)

서활이 연검을 두 손으로 들어 다시 김강한에게로 건넨다.

"귀공께서 우리 가문에 베푼 은혜는 너무도 커서 어떤 감사로도 부족할 것이오! 다만 이것은 우리가 지금 당장 내놓을 수 있는 최선의 성의이니, 부디 받아주시오!"

그런 광경에 가장 크게 놀란 사람은 서종이다. 그 한 자루 연검이야말로 천공행결과 더불어 천공가의 이대지보(二大至寶)로 꼽히는 보물인 것이다. 그러나 방금 전 그 스스로도 무릎 꿇고 간절한 청을 했거니와, 더하여 두고두고 가문의 은인으로 삼겠다는 치사(致謝)를 한 바도 있으니, 차마 안 된다고 말리고 나설 수는 없는 노릇이다.

사실 그런 데는 그가 연검에 대해 그 상징적 가치는 인정할지라도, 그것에 어떤 실질적인 가치가 있어서 반드시 지켜야 할 진짜 보물로는 평가하지 않는다는 점이 바닥에 깔려 있기도 하다. 즉, 연검이 그 제작 연대가 불확실할 만큼 역사가 오래된 물건이긴 하지만, 그렇다고 특별히 골동품적 가치를 평가받을 수 있는 건 아니다. 기껏해야 옛날 물건치고는 그 강도와 예리함이 제법 놀랍다는 정도일 것인데, 그러나 현대의 제강 기술로야 그것보다 훨씬 높은 강도와 날카로움을 얻는 일도 그리 어렵지는 않다.

물론 좀 전에 김강한이 연검으로 막강한 위력을 보여준 바는 있다.

그러나 그것이야 어디까지나 김강한의 검을 다루는 능력이 훌륭한 것이지, 연검에 그가 알지 못하는 무슨 특별한 효능이 숨겨져 있어서일 리는 만무하다.

"백팔아검(百八牙劍)이란 이름을 가진 검이오!"

서활의 설명에 대해서, 김강한이 굳이 사양의 말을 하기보다는 관심을 표시한다.

"백팔아검……? 무슨 뜻입니까?"

"허허허! 글쎄요! 백팔 개의 이빨을 지닌 검이라고 할까요?"

김강한이 손안의 연검을 새삼스레 살펴본다. 그런데 다시 봐도 그냥 부드럽게 휘어지며 낭창거리는 연검일 뿐이다. 검신에서부터 손잡이까지 어디에도 백팔 개씩이나 되는 이빨을 연상시키는 부분은 없다. 서활이 빙그레 웃는 얼굴로 잠시 지켜보고 있더니,

"종아(宗兒)!"

하고 부른다. 한 걸음 뒤쪽에 서 있던 서종이 제풀에 흠칫하고 만다. 새삼스러운 아쉬움일까? 그러나 그는 마지못한 듯이 허리춤에 벨트처럼 두르고 있던 것을 풀어내서 부친에게 건넨다.

"이것은 백팔아검의 검집인데, 검의 이름이 백팔아검으로 된 까닭은 바로 이 검집에 있다고 하겠소!"

서활이 검집을 들어 올려서 보여주는데, 김강한이 굳이 자세히 봐주어야 할 것은 아니겠기에 그저 예의상 보는 척만 한

다. 그래도 대충이나마 살펴본 걸로는, 검집은 아마도 가죽 종류의 긴 띠처럼 보이는데 그 속으로 가느다란 틈새가 나 있어서 연검이 꽂히게 되어 있는 것 같다.

이어 서활이 손가락으로 짚어서 가리키는 부분에는 무슨 문양 같은 것이 제법 촘촘하게 그려져 있는데, 대충 백여 개쯤 되어 보인다. 그래서 백팔번뇌(百八煩惱)를 따 백팔아검이라고 거창하게 이름을 가져다 붙인 걸까? 중국인들의 허풍과 허세는 옛날부터 알아주었다고 하지 않던가?

별로 복잡할 것도 없고, 특별하거나 신기할 것은 더욱이 없는

서활이 연검과 검집을 위로 들어 올린다. 그러고는 시범이라도 보이는 것처럼, 검신을 검집 속으로 천천히 밀어 넣자,

스르~륵!

검이 미끄러지듯이 부드럽게 검집 속으로 들어간다. 그리고 검이 거의 다 들어가고 손잡이 부분만 남았을 때쯤에는,

딸~칵!

하고 가벼운 소리가 나는데, 검의 끝부분이 검집 속의 어딘가에 걸려서 잠기는 듯하다. 이어 서활이 검집의 앞부분 어딘가를 가볍게 누르자, 다시,

딸~칵!

하는 소리가 나며 검의 손잡이가 살짝 튕기듯이 되밀려 나온다. 검집 속에서 검의 끝을 물고 있던 부분이 풀린 것이리라!

딸~칵!

딸~칵!

서활이 검을 밀어 넣어 잠그고, 다시 풀어서 조금쯤 빼내는 과정을 두 번 더 반복해 보인다. 그러한 사용법을 김강한이 충분히 이해할 수 있도록 하려는 것일 텐데, 김강한이 보기에 그것은 별로 복잡할 것도 없다. 특별하거나 신기할 것은 더욱이 없는, 그저 단순한 메커니즘에 불과하다. 그런 중에 서활이 이번에는 검을 밀어 넣어 검집에 잠기게 한 상태에서, 다시 검집을 둥글게 휘어서 손잡이 부분과 마주 보는 검집의 끝단을 서로 연결시킨다.

철~컥!

하는 소리와 함께 서로 맞물려 둥근 고리의 형태를 이룬 그것은, 설명하자면 요즘 흔한 슬라이딩식의 자동 버클이 달린 허리 벨트와 비슷하다고 할까?

그것보단 좀 더 기계적이고 중량감이 있는 느낌이긴 하지만!

철~컥!

철~컥!

서활이 이번에도 역시 두 번 더 검의 손잡이와 검집의 끝단을 연결시키고 풀기를 반복해서 보여준다. 그러더니 다시,

철~컥!

딸~칵!

스르~륵!

하는 역순의 소리들과 함께 연검을 검집에서 풀어 쭉 빼낸 다음에 선뜻 김강한에게 건넨다. 김강한에게 직접 한번 해보라는 권유의 뜻이리라! 그런 터에 굳이 사양을 하는 것도 친절에 대한 예의가 아니겠기에, 김강한이 마지못해 받아 든다. 그리고,

스르~륵!

딸~칵!

철~컥!

하고 한 번의 연속 동작으로 백팔아검을 하나의 고리 형태로 만들어 버린다. 서활의 시범을 볼 때부터도 이미 그랬지만, 그가 실제로 해본 바로도 역시나 '별로 복잡할 것도 없고, 특별하거나 신기할 것은 더욱이 없는' 그런 정도에 불과한 과정이다.

"어디 허리에다 한번 차보시오!"

서활의 권유에 김강한이 간단히,

철~컥!

검의 고리 형태를 풀어서는 스스로의 허리에다 두르고는, 다시,

철~컥!

하고 그 양 끝단을 채운다.

그러자 서활이 입가에 가만한 미소를 떠올리면서 가볍게 손짓을 해 보인다. 아마도 다시 검을 풀어낼 것 없이 그대로 차고 있으라는 뜻인 것 같다. 물론 김강한으로서도 이 재미있는 답례품을 굳이 사양을 할 생각은 아주 없어진 터다. 다만 그래도 답례로 받은 물건을 당장에 허리에 차고 있는 모양새는 영 겸연쩍은 데가 있어서, 일단 허리에서는 풀어낸다.

철~컥!

물린 부분이 풀리자 검이 다시 길게 늘어진다. 그런데 그것을 김강한이 조금은 애매하게 들고 있을 때다. 서활이 빙그레 웃으며 그에게서 검을 건네받는다.

그러곤 긴 띠 형태의 그것을 간단히 말기 시작한다.

그러자 금속임에 분명한 연검이 안에 들어가 있는 상태에서도 그것은 마치 부드러운 가죽이라도 되는 것처럼 쉽게 돌돌 말리더니, 이윽고 한 손아귀에 충분히 들어갈 정도의 작은 부피로 변한다.

수확과 제약

호텔로 돌아와 샤워를 마친 김강한은 가운 차림으로 소파에 앉는다. 새벽까지는 아직도 시간이 좀 남았다. 그러나 잠을 청할 마음으로는 되지 않으니, 오늘 밤 일어난 일들에 대해 차분히 정리를 해보자는 생각이다.

밀마존맥의 존재를 확인한 것은 가장 큰 수확이다. 그들이 요결을 쫓는 자들임은 확실하다.

그러나 오늘 밤 천공가에 나타난 그들은 밀마존맥의 일부일 뿐이다. 더욱이 연 당주라는 자를 놓치고 말았으니, 당장에 그들의 실체를 추적할 실마리가 다시 끊어지고 만 셈이다.

더욱이 여기는 중국이다. 지금 그의 신분과 현실적인 여건들을 감안해 볼 때, 무작정 그들을 찾아 나서는 데는 제약이 너무 많다.

그 혼자서 독단적으로 움직이기는 사실상 불가능에 가깝고, 천공가의 도움을 받는다고 하더라도 이렇다 할 방향이 서지 않는 건 마찬가지다.

만약일 뿐이라도, 답은 분명하다

'일단 기다려 보자!'

김강한은 이윽고 그런 결론에 이른다. 당장에 어떻게 해볼 방법이 마땅치 않은 이상, 그저 기다려 보는 것도 나쁘지 않은 대안이 될 수 있을 것이다.

사실은 그가 굳이 추적에 나서지 않아도, 밀마존맥에서 그를 다시 찾아오리라는 판단이 선 때문이다.

즉, 밀마존맥이 서울까지 괴인들을 보낸 바 있고, 또 이번에 천공가에서 겪은 상황들을 종합해 볼 때는 그들에게도 요결과 관련한 어떤 절실함이 있는 것이다. 그런 터에 그가 천공행결의 오류를 보완할 수 있도록 천공가에 도움을 준 사실을 알게 되면—그들의 집요함으로 볼 때, 조만간 알게 되리라 기대하는 바이지만—, 그들의 절실함은 더욱 커지지 않겠는가?

'만약 구대마존의 다른 존재들로까지 범위가 넓혀진다면?'

불쑥 그런 생각이 든다.

밀마존맥 외에 구대마존의 또 다른 일맥들이 존재하는지에 대해서는, 영마존맥의 천공가로서도 아는 바가 없다고 했다. 그러나 만약에라도 또 다른 일맥이 실재한다면? 그리고 밀마존맥과 마찬가지의 이유, 혹은 계기로 그들 또한 그를 적으로 돌린다면?

만약일 뿐이라도, 답은 분명하다.

'차라리 그렇게 되기를 바란다!'

그로 하여금 원래의 자리로 돌아갈 수 없도록 위협하는 자들이라면! 혹은 그럴 가능성이라도 있는 자들이라면! 빠짐없이 그를 찾아오기를 바란다.

가능하면 빨리! 그가 그의 소중한 사람들과 너무 오래 떨어져 있지 않도록!

착각일 뿐

김강한이 이런저런 생각들에 대해 대충 정리를 끝내고 보니 어느새 새벽이다. 이제야말로 쪽잠을 청해보기에도 정말로 애매해져 버렸다.

그가 소파에서 몸을 일으켜 물이나 한잔 마시려고 냉장고 쪽으로 가려는 중인데, 화장실 앞에 아무렇게나 놓인 옷가지들이 눈에 들어온다. 샤워 전에 벗어서 대충 던져놓았던 것들이다. 물부터 마시고 나서 바닥에 널브러진 옷들을 챙겨 들고 다시 소파로 돌아오던 중에, 그는 문득 한 가지에 대해 생각이 미친다. 그에게 새로 생긴 꽤 흥미로운 물건 하나! 그는 재킷 안주머니에서 돌돌 말린 형태의 그것을 꺼낸다. 바로 백팔아검이다.

백팔아검에 대해서는 서활의 설명과, 더하여 아주 친절한 시범까지 본 터이다. 그러나 아무래도 건성으로 받아들인 부분이 없지는 않으므로, 그는 그것에 대해 다시 한번 자세히 살펴보고 싶은 욕구가 생긴다. 그런 데는 어차피 아침까지 남은 시간을 무엇으로든 때워야 한다는 은근한 압박감도 작용했을 것이다. 그가 백팔아검을 간단히 조작해 보는데,

철~컥!

딸~칵!

스르~륵!

이제는 제법 익숙해진 듯한 느낌의 소리들도 그렇지만, 역시나 별로 어려울 것도 없다는 점에서 그 단순한 조작을 계속해 볼 흥미는 생기지 않는다.

다음으로 그는 검집을 살펴본다.

검집에 무언가가 촘촘하게 그려진 문양이 있다는 사실은 천공가에서도 대충이긴 하지만 이미 살펴본 바가 있다. 그런데 아니다. 자세히 들여다보니 그것은 그려진 것이라기보다는 조각에 가깝다.

그것은 아주 작은 침(針)인 것도 같고 칼 같기도 한 형상인데, 들여다볼수록 그 정교함과 입체감이 더해지는 데가 있다. 그러더니 이윽고는 조각이 아닌 마치 실제의 물체들이 꽂혀 있는 것 같은 착각을 불러일으키기까지 한다. 그리하여 그가 손가락 끝으로 그 문양들 중의 하나를 가볍게 밀어 올려보는데, 역시나 그저 조각일 뿐이다. 역시 괜한 착각일 뿐이다. 이내 흥미가 시들해진다.

조금 더 효과적인 방법에 대한 생각

김강한이 건성으로 조각들을 만지작거리며 다시금 이런저런 막연한 생각들에 빠져 들어갈 때다.

'어라?'

문득 그의 손끝에서 뭔가가,

까딱!

하고 움직인 느낌이 든다. 아주 작은 침인 것도 같고 칼 같기도 한, 예의 그 조각 문양들 중의 하나에서다. 물론 다만 느낌일 뿐이지, 실제로 그럴 일이야 없을 노릇이다. 그러나 대책 없는 무료함 때문에라도, 그는 새삼 흥미를 돋우며 다시금 조각을 자세히 들여다본다.

뭔가 조금쯤 달라진 것 같은 느낌이기는 하다. 우선은 조각 문양의 윤곽부가 한층 선명해진 것 같다. 즉, 조각 문양의 테두리 부분에 작은 틈새들이 생긴 것처럼 보이기도 하는 것이다. 마치 오래된 먼지와 손때로 틈새가 메워져 있다가, 그가 생각 없이 만지작거리는 중에 그 틈새가 조금 벌어진 것처럼 말이다.

'이것 봐라?'

마치 무슨 은밀한 비밀을 엿보게 된 것처럼 사뭇 흥분이 되기까지 한다. 그는 부지런히 손가락을 놀려서 조각 문양들을 밀고 당기고 해본다. 정말로 틈새가 있는지, 그리하여 그 조각 문양들이 혹시라도 검집에서 분리될 수 있는 것인지를 확인해 보고자 함이다.

그러나 한참을 쓰다듬고 밀고 이리저리 비틀어도 보지만, 더 이상은 어떤 진전도 없다. 쓴웃음이 절로 생긴다. 모두들 잠들어 있을 새벽 시간에 혼자 깨어서 하고 있는 이 엉뚱하고도 쓸데없는 짓거리라니!

그러나 그때다. 그는 불쑥하니 다시 생각 하나를 떠올린다. 지금까지의 쓸데없는 짓거리에 비해서는 조금 더 효과적인 방법에 대한 생각이다.

외단!

바로 외단이다.

송곳니들

팅~!

그것은 귀 기울여 듣지 않으면 바로 곁에서도 잘 들리지 않을 아주 희미한 소리다. 그러나 사뭇 집중하고 있던 김강한에겐 제법 선명하게 들린다. 그 희미한 소리야말로 예의 그 조각 문양들 중의 하나가 마침내 검집에서 분리되어 나오면서 내는 소리다.

짧은 희열이 솟는다. 손가락으로 밀고 당기는 것으로는 조각에 균일한 힘을 주기가 용이하지 않지만, 외단을 활용하면 조각의 테두리 전체에 걸쳐 완벽하게 균일한 힘을 줄 수 있으리라는 그의 궁리가 적중한 모양이다.

아주 미세하고도 정밀한 스프링 장치라도 되어 있는 듯이 살짝 튕겨져 나오며 온전히 형상을 드러낸 그것은, 뭐랄까? 아주 작은 칼 같다. 손잡이 없이 날카로운 칼날 부분만 있는! 어쨌든 이빨이라고 이름 붙이기에는 확실히 어울리지 않아 보인다. 그럼에도 굳이 '이빨(牙)'이라고 이름을 붙인 것은, 아마도 어떤 비유적이고 상징적인 의미가 있는 것이리라! 이를테면, 사냥감의 몸에 깊숙이 틀어박혀 그 살과 근육을 갈가리 찢어놓고 마는 야수의 송곳니처럼 날카롭고도 잔인하다는 식(式)의!

팅~!

또 하나의 조각 문양, 이빨이 검집에서 분리되며 공중으로 튀어 오른다. 그러곤 좀 전에 먼저 튀어나와 허공 중에 머물러 있는 첫 번째의 이빨 옆으로 나란히 멈춰 선다. 물론 외단의 작용이다.

팅~!

팅~!

팅~!

이빨들—아니, 왠지 그 이름이 마음에 들지 않아서, 그는 차라리 송곳니들이라고 이름 붙이기로 한다. 물론 특별하달 이유 같은 건 없고, 그냥이다—, 송곳니들이 속속 검집을 벗어나며 허공에 정렬해 선다. 똑같은 과정이 계속 반복되지만, 그러나 조금도 지루하지가 않다. 공중에다 나란히 세워둔 채로 그가 굳이 세어보니, 송곳니는 정확하게 백여덟 개다.

팔(八)이란 숫자와의 인연

허공에 정렬해 있던 백여덟 개의 송곳니들이 한순간에 사라진다. 아무 소리도 없이!

김강한이 사방으로 흩어지게 한 것인데, 워낙 작은 놈들이라서 조금 넓게 분포를 시키자 육안으로는 찾기 어려울 정도다. 다만 어차피 외단의 영역 안이기에, 기감으로는 그 예리한 존재들 각각의 느낌이 뚜렷하다.

'이거 잘하면 재미있겠는데?'

그런 감상 혹은 예감이 든다. 그에게 이미 제법 재미있는 장난감이 되어 있는 중이지만, 활용하기에 따라서는 상당히 특별한 흥미가 더해질 수도 있겠다는 생각이다.

물론 그런 구상을 위해서는 백팔 개나 되는 이 작은 놈들을 아주 정교하고도 자유롭게 다룰 수 있어야 할 것이다. 또

한 그런 정도로 숙달을 시키려면 꽤나 고단한 수고가 들 것이다. 그러나 해볼 만한 가치가 충분한 수고가 될 것 같다.

그런 생각을 하는 중에 김강한은 피식 실소를 뱉고 만다. 문득 팔(八)이란 숫자를 떠올리고서다. 십팔수(十八手)! 그리고 이제 또 백팔아검(百八牙劍)이라니! 아마도 팔(八)이란 숫자와 그 사이에는 무슨 특별한 인연이라도 있는 게 아닐까 싶다.

제6장
—
좋은 이웃 나쁜 이웃

토사구팽(兎死狗烹)

대통령의 중국 국빈 방문을 마치고 한국으로 돌아온 후, 김강한은 잠시 한가롭다. 그러나 그런 한가로움을 계속 누리고 싶은 마음은 없다. 명색으로야 연설문 기안 담당이라는 보직이 있지만 막상은 아무런 할 일도 없는 처지에, 맘 편히 계속 눌러앉아 있을 형편이 아니기도 하고!

더욱이 대통령과, 또 이제쯤에는 그의 진짜 임무를 알게 된 극소수의 사람들에게도, 어쩌면 그의 존재는 성가시고 번거로운 것으로 되어 있을 수도 있는 문제다. 소위 특수한 임무를 수행한다는 것은, 말 그대로 무슨 특수한 사건이나 긴박한 상황이 발생했을 때만이 필요한 존재일 것이니 말이다.

토사구팽(兎死狗烹)!

토끼가 죽으면 토끼를 잡던 사냥개는 필요 없게 되어 주인이 삶아 먹는다고 했던가? 그러나 그는 토사구팽을 당하는 것이 아니라, 스스로 택하기로 한다.

적당한 정도의 추적의 여지

재단이 궁금하다. 재단의 사람들이 궁금하다. 까놓고 솔직하게는 진초희가 궁금하다. 미치도록 보고 싶다.

그러나 아직은 안 된다. 그는 조태강으로서의 신분을 그대로 유지하기로 한다. 기록상 '일신상의 사유'로 공직에서 물러난 조태강으로서, 그저 평범한 일상을 보내기로 한다.

물론 그의 뒤를 쫓을 어떤 존재들이, 그의 흔적을 보다 쉽게 추적할 수 있도록 하려는 의도에서다.

그러나 너무 분명하거나 쉬운 흔적은 그들에게 오히려 의심과 경계를 줄 수도 있을 것이니, 아주 약간의, 혹은 그저 평범한 정도의 흔적 정도만 남겨, 그들에게 아주 적당한 정도의 추적의 여지를 남겨주려고 한다.

두웰

두웰!

김강한이 입주한 원룸 건물의 이름이다.

원룸 계약을 할 때 그가 그 이름이 무슨 뜻인지에 대해 물어보았다. 그러나 부동산중개사는 싱거운 웃음만 보이고, 건물주는 또,

'그딴 걸 왜 물어보느냐?'

하는 식으로 시큰둥한 반응이었다. 짐작해 보건대는—굳이 그럴 필요도 없는 것이지만— 아마도,

'Do well!'

'잘해라?'

혹은,

'잘하자!'

는 정도의 뜻의 아닐까 싶다. 어쨌든, 두웰은 이름이 좀 어색한 느낌이라는 것 빼고는 다 적당하다.

클래스로 따지자면 중급에서 상급 사이쯤이라고 할까? 실평수도 좀 되고 있을 건 다 있어서, 혼자 사는 처지에는 아파트나 오피스텔보다 오히려 편리한 점이 많다.

굳이 말할 필요가 없는 것

사실 김강한의 처지에서는 비싼 호텔로 들어가거나, 고급 아파트나 오피스텔을 구하는 것도 어렵지 않다. 그러나 거기에 들어갈 돈이 어디까지나 국고에서 나오는 만큼, 흥청망청 쓰기에는 부담스러운 측면이 좀 있다.

하긴 정말로 국고에서 나오는 돈이냐고 진지하게 따지고 든다면, 조금 자신이 없기는 하다. 최중건으로부터 나오는 돈이기 때문이다. 다만 그가 그동안에 어디까지나 공적인 차원에서 수행한 몇 가지 일에 대한 보수와, 또 여전히 조태강의 신분을 유지하고 있는 대가쯤의 성격으로 나오는 돈인 건 확실하다.

그리고 만약 그런 것이 정말로 부담스러웠다면, 그 정도 돈쯤 처음부터 아예 받지도 않았을 것이다. 그에게 그 정도 돈쯤이 전혀 문제가 안 된다는 것은 굳이 말할 필요가 없을 것이다.

당장 배를 타고 바다로 나가서 300억 원어치 정도의 보물이 들어 있는 상자를 그리 어렵지 않게 건져 올릴 수도 있는 문제이니 말이다. 그런 상자가 5,000개쯤이나 실려 있는 심해 바닥의 보물선 얘기까지를 굳이 언급할 필요는, 더욱이 없겠고!

당연히 3층

두웰은 5층짜리 건물이다. 1층은 주차장, 2층은 남자, 4층은 여자, 5층은 남자 식으로 엇갈려 입주를 해 있다.

다만 3층은 남녀가 함께 입주해 있다. 복도를 중심으로 왼쪽은 여자, 오른쪽은 남자! 그는? 당연히 3층이다. 2층은 너무 낮아서 마음에 안 들었고, 5층은 꼭대기 층이라서 싫었다. 그것뿐이다. 다른 이유는 없다. 정말로!

3층의 구조는 제법 넓은 복도의 좌우로 각 호실의 출입문이 지그재그식으로 엇갈려 있다. 입주하던 날 김강한이 건물주에게 들은 바로는, 그런 식의 구조 덕분에 입주민들끼리 의도치 않게 서로의 방 내부를 보여주는 불편한 경우가 없단다.

또한 건물주의 말에 의하면, 특히 3층의 분위기가 좋다고 한다. 남녀가 공동으로 생활하는 3층에 대해서는 건물주 자신이 특별히 신경을 써서 어느 정도 레벨이 되는 사람들만 선별해서 입주를 시키고 있는 때문인데, 특히 여자 입주민들의 경우에는 여자 전용인 4층보다도 오히려 안심이 된다고 얘기들을 많이 한단다.

그런가? 그냥 듣기 좋으라고—딱히 듣기 좋을 것도 없는 것 같지만— 하는 말인지, 아직 제대로 살아보지 않은 입장에서야 알 수가 없는 노릇이다.

하루를 버틸 에너지를 확보한다는 차원에서

아침 일곱 시! 백수에게 일곱 시면 아침이 아니라, 새벽인가? 김강한은 잠자리에서 일어나자마자 냉장고부터 열어본다. 아침거리가 남아 있는지, 어제 밤에 점검한다는 걸 깜빡한 때문이다.

원룸에 입주한 지 사흘째다. 아직까지는 주변 지리도 낯선데다 바깥에 나가서 외식하는 것도 귀찮고 해서, 웬만하면 집에서 간단히 때우고 있는 중이다.

아침 식단은 우유와 계란이다. 우유는 반통쯤 남았으니 됐고, 문제는 계란이다. 10개들이 종이 갑을 열어보니, 이런……! 완전 빈 통이다. 한 알은 남아 있겠거니 했는데, 생각해 보니 어제 저녁에 라면 끓이면서 마지막 한 개를 투하해 버렸다. 낭패다. 점심은 대부분 거르는 터라, 아침에 먹는 계란은 특히 중요하다. 하루를 버틸 에너지를 확보한다는 차원에서라도, 단백질 공급원인 계란 3개씩은 먹어줘야 하는 것이다.

'우유 한 잔만으로는 곤란하다!'

그런 위기감에 그는 추리닝 바지를 꿰어 입는다. 다행히도 일곱 시면 문을 여는 동네 마트가 있다. 비교적 신선한 계란도 취급을 하고!

출근하는 사람을 붙잡고야!

김강한이 현관문을 열고 복도로 나설 때다.

"어머……!"

설핏 당황하는 목소리가 들린다. 목소리의 주인공은 302호 아가씨다. 스물 서넛쯤 되었을까? 풋풋함이 비치는 젊은 아가씨인데, 301호인 그의 호실과 엇비슷하게 있는 맞은편 302호에서 마침 집을 나서고 있는 모양새다. 출근을 하는 것일까?

그도 설핏 당황스럽기는 마찬가지다. 3층이 남녀 공용 층이긴 하지만 입주한 뒤로 지난 며칠간 아무하고도 마주치지 않았던 터다. 그냥 방 안에서도 들리는 소리로 이웃들의 존재를 알아차릴 수 있었을 뿐이다. 주로는 아침 일찍 또는 밤늦게 사람들이 나가고 들어오는 소리와, 간혹은 낮에 음식 배달원이 다녀가는 소리 따위들!

"안녕하세요?"

302호 아가씨가 상냥하게 인사를 건넨다. 원룸의 특성상 이웃일지라도 서로 마주치는 건 어차피 어색할 수밖에 없는 측면이 있다. 그러니 그냥 대충 지나쳐 가도 될 일인데, 상냥하게 인사까지 건네는 것은 보기 드문 친절이라고 해야 하겠다.

"아, 예……! 안녕하세요!"

그렇게 간단히 인사를 교환하고 나자, 더 할 말은 없다. 이웃이라고는 하지만 이제 처음으로 보는 사이에 더 할 말이 있을 까닭도 없다. 더욱이 출근하는 사람을 붙잡고야!

누가 뭐랄 건가?

302호 아가씨가 다시금 고개를 숙여 보이고는 바삐 계단을 내려간다. 그런 그녀를 바로 뒤따라가기도 좀 그래서, 김강한이 잠시 그 자리에 서서 기다리는 김에 나름의 생각을 정리해 본다. 이곳에서 처음으로 만난 그의 이웃에 대해!

성형티는 나지 않는 자연스러운 윤곽에 동글동글하고 귀염성 있고 선해 보이는 얼굴! 적당히 웨이브를 주어 어깨선에서 찰랑거리는 머릿결의 귀여우면서도 단정한 느낌! 그리고 두터운 패딩 안으로 보이는 재킷과 스커트의 정장 차림에서는 그녀가 직장인임을 짐작해 볼 수 있다. 종합해 보자면, 상냥하고 친절하고 귀엽고 선하고 단정하고 예쁜 젊은 아가씨다. 짧게 요약하자면, 예쁜 아가씨!

아! 물론 진초희만큼은 안 예쁘다. 당연히 그럴 리는 없다. 진초희야말로 그가 지금까지 본 바로, 세상에서 제일 예쁜 여자니까! 아니, 장담하건대 앞으로 볼 여자들 중에서도 진초희

만큼 예쁜 여자는 없을 테니까!

괜히 쑥스럽다. 누가 뭐라고 한 것도 아닌데, 지레 변명부터 내놓는 것 같아서다. 그러나 어쨌든 사실이다. 그리고 다시 꼬리처럼 달리는 상상 하나!

'만리장성!'

다시 쑥스럽다. 그러나 괜스레 뿌듯하고 즐거워지는 상상이다. 누가 뭐랄 건가? 내 여자를 두고 내가 상상하는 건데!

나무랄 데 없는 이웃

'오고 가는 인사 속에 이웃 간의 정이 싹튼다!'

그런 말이 있던가? 김강한이 그 뒤로도 302호 아가씨와는 아침에 나갈 때 혹은 저녁에 들어올 때 몇 차례 더 인사를 주고받으면서, 한층 익숙하고도 편한 사이가 된다. 물론, 다시 한번 분명히 해두지만, 어디까지나 301호와 302호의 이웃 관계로다.

302호 아가씨가 서글서글하니 붙임성 있는 성격에다, 그를 좋게 보았는지 만날 때마다 짧게나마 자신에 관한 얘기도 곧잘 한다. 집은 부산이란다. 평범한 중산층 가정의 존경할 만한 부모님 아래에서 자랐단다. 부산에서 국립대를 졸업하고 지금은 서울 소재의 공기업에 정규직 전환을 전제로 해서 6개월간 인턴으로 근무를 하고 있단다. 생전 처음으로 가족과 떨어져 혼자 지내는 것이지만 최종 합격을 위해 열심히 일하고 있단다.

어쨌든 '상냥하고 친절하고 귀엽고 선하고 단정하고 예쁜 젊은 아가씨'인 302호 아가씨는, 볼수록 나무랄 데 없는 이웃이다. 그런 걸 보면 처음에 건물주가 했던 말이 그냥 듣기 좋으라고 한 것만은 아닌 모양이다. 남녀가 공동으로 생활하는 3층에 대해서는 건물주 자신이 특별히 신경을 써서 어느 정도 레벨이 되는 사람들만 선별해서 입주를 시키고 있다고 했던! 적어도 302호 아가씨에게는 아주 합당한 말이다 싶다.

집이 좋아도 이웃이 맘에 안 들면 그것처럼 괴로운 일도 없을 터다. 좋은 이웃은, 멀리 사는 사촌보다 훨씬 낫다고 하는 말도 있지 않은가? 집도 그런대로 괜찮은 데다 이웃까지 나무랄 데가 없으니, 그는 이 새로운 일상에 대해 기대 이상의 만족을 느낀다. 다만 마음에 들지 않는 게 한 가지 있긴 하다. 302호 아가씨가 그를 보고 아저씨라고 부르는 데 대해서다.

'301호 아저씨!'

아저씨라니? 몇 살 차이나 난다고? 띠동갑이 되는 것도 아닌데, 그냥 오빠 정도로 해주면 좋을 것을 말이다. 하긴 302호 아가씨가 단편적으로나마 스스로에 대해 이런저런 얘기를 한 것에 비해서, 그는 자신에 대해 얘기한 게 거의 없다는 점에서는 아저씨 소리를 들어도 마땅하다고 하겠다. 그리고 어쨌든, 302호 아가씨 입장에서 그렇게 부르는 게 편하다면, 억지로 불편을 강요할 수는 없는 문제일 것이다. 그래서 그도 그렇게 부르기로 했다. 편하게!

'302호 아가씨!'

라고!

층간소음

쿵!

쿠~웅!

아침부터 울리는 난데없는 소음에 김강한은 설핏 잠에서 깬다.

'이게 대체 무슨 소리야?'

천장이 울리는 소리 같기도 하고, 누군가 벽을 두드려 대는 소리 같기도 하다. 덜 깬 눈으로 시계를 보니 아홉 시를 겨우 넘겼다. 주말이니 한참 늦잠을 즐겨야 할 시간이다. 물론 그로서야 직장인도 아닌 처지에 주말이라고 늦잠을 자야 할 이유는 딱히 없는 것이지만!

쿵!

쿠~웅!

다시 소리가 울린다. 그것이 간헐적이라는 데서는 신경을 더욱 거슬리게 하는 데가 있다. 이윽고 참지 못해 이불을 걷어붙인 그가 추리닝을 걸쳐 입고 복도로 나가본다.

그런데 그때 마침 302호의 문도 열린다. 역시나 시끄러워서 나와봤나 싶은데, 아니다. 옷차림을 보니 갑작스럽게 외출이라도 하는 모양새다. 시간에 쫓기는지 사뭇 급하게 서두는 기색이 역력한데, 머리를 감고서 미처 제대로 말리지도 못했는지 긴 머리에 물기가 촉촉하다. 그런 모습에는 우선 걱정이 된다. 어젯밤에 보았던 일기예보에서는 오늘 아침 기온이 영하 10도를 훌쩍 하회할 거라고 했는데, 저렇게 나갔다가는 감기 걸리기 십상이다.

"어딜 가기에 그렇게 급해요? 밖에 엄청 춥다는데, 머리라도 다 말리고 나가지?"

이제 그와 그녀 사이에는 그 정도 걱정과, 그리고 친근함의 표시로 반쯤 말을 놓아도 크게 어색하지는 않다. 원룸에서 가장 가까운 이웃으로서! 그리고 아저씨로서!

"예……! 공부할 게 좀 있어서요……!"

그녀의 말끝이 조금 늘어지는 것만으로도 익히 짐작할 만하다. 소음 때문이리라! 다시 그때다.

쿵!

쿠~웅!

하고 다시 들려오는 소리는 그가 방 안에서 들었을 때보다 한층 또렷하다. 잠시 귀를 기울여 소음의 진원지를 짐작해 보니, 302호의 바로 위층쯤일 것 같다. 그러니 막상 302호의 방 안에서는 또 얼마나 더 크게 들렸을까? 그 안에 있는 사람은 얼마나 괴로웠을 것인가? 그럼에도 이 선하고 순한 아가씨는 차마 위층에 가서 알아보고 따져볼 생각을 못 하고, 차라리 자기가 밖으로 피신을 할 생각부터 한 것이리라! 그런 생각 끝에는 김강한이 이윽고 화가 치민다.

"시끄러워서 그러는 것 같은데, 잠시만 기다려 봐요! 내가 올라가서 무슨 일인지 확인해 보고 올 테니까! 그동안에 젖은 머리도 좀 말리고!"

그리고 김강한이 곧장 위층을 향해 가려는데, 302호 아가씨가 황급히 그의 앞을 가로막는다.

"왜……?"

의아해 묻는 김강한에게 302호 아가씨가 잠시 망설이며 쭈뼛거리더니, 사뭇 조심스럽게 말을 꺼낸다.

밥맛

3달 전쯤, 그러니까 302호 아가씨가 입주한 지 한 달쯤이 지났을 때, 바로 위층 402호에 새 입주자가 들어왔다. 30대 초

중반쯤의 나이에 키도 훤칠하니 크고 얼굴도 미남형으로 생긴 청년이어서, 302호 아가씨도 처음에는 괜찮은 느낌으로 인사도 하고 했다. 그런데 그 뒤 얼마 지나지도 않아서, 다른 입주자들의 입에서 나오는 402호 청년에 대한 평이 좋지를 않았다.

몇몇 입주자들이 복도나 계단에서 마주쳐 간단히 인사를 건넸는데, 402호 청년이 아예 눈길도 주지 않은 채로 차갑게 씹어버리더란다.

낮엔 종일 집에만 있다가 저녁 무렵에야 밖으로 나가서는 밤늦게 술에 만취해 들어오는 경우가 잦은데, 한 번은 1층 현관 안쪽 벽에 세워져 있던 밀대걸레 몇 개를 일부러 밟아서 나무 자루를 죄다 부러뜨려 놓았더란다.

또 한 번은 404호—404호는 3년째 두웰에서 살고 있는데, 아직껏 그가 인상 한 번 찡그리는 걸 본 사람이 없고, 남에게 싫은 소리는 하지 못하는 성격인 40대 후반의 중년 아저씨다—와 마주치자 대뜸 반말을 찍찍해 대며 괜한 시비를 걸더란다.

뿐만 아니다. 402호 청년이 처음 입주할 땐 없더니 어느 날부터인가 고급 외제 승용차를 1층 주차장에 세우기 시작하더란다. 그런데 어느 날엔가 술에 취한 채로 차를 끌고 와서는, 기둥을 가운데로 해서 양쪽 면에 각 4대씩 댈 수 있는 주차

공간 중 한쪽 면을 저 혼자서 차지하고는 그대로 차 안에서 곯아떨어졌더란다. 차를 대지 못한 다른 입주자들이 아무리 차 문을 두드려도 소용이 없더란다.

그리하여 402호는 두웰에 온 지 한 달도 채 되지 않아서, 입주민들 모두가 이의 없이 공감하는 별명 하나를 얻었다.

'밥맛!'

그 별명은 404호가 만들었다. 남에게 싫은 소리는 하지 못한다는 그의 성격으로 봐서는 도무지 어울리지 않는다고 할 만큼의 막말이라고 하겠다. 그러나 한편으로는 오죽했으면 그가 그런 막말까지를 별명으로 붙였을까 하는 실감이 나기도 하는 것이다.

소음의 발단

302호 아가씨도 402호 밥맛에게 행패를 당한 적이 있다. 어느 날 그녀가 퇴근하는 길에 복도에서 밥맛과 마주쳤는데, 술 냄새가 확 끼쳐왔다. 그래서 그녀가 얼른 벽 쪽으로 바짝 붙어 서며 조심스럽게 지나쳤는데, 뒤에서 밥맛이 말을 걸었다.

"어이… 아가씨! 예쁘게 생겼는데……? 완전 내 스탈이야! 어때? 우리 썸 좀 타볼까……? 나 이래 봬도 상당히 괜찮은 사람이야……! 나에 대해서 조금만 알게 되면 아가씨도 홀딱

반하게 될걸? 호호호! 그러니까 우리 지금부터 애인 하자! 내가 잘해줄게……!"

대차고 똑 부러지는 여자라면 곧장 휴대폰으로 촬영해서 경찰에 신고를 해버릴 법한 상황이다. 그러나 이 순해 빠진 302호 아가씨는 뒤도 돌아보지 않고 도망치다시피 제 방으로 들어가 버렸다.

그 뒤로도 402호 밥맛이 현관 입구나 계단과 3층 복도를 서성거리는 모습을 몇 차례나 목격했는데, 아마도 그녀와 마주치려는 시도로 보였다. 그녀는 멀리서 그가 보이기만 하면 아예 되돌아갔다가, 한참 후에 그가 보이지 않으면 얼른 집을 나가고 들어가는 식으로 철저히 회피를 했다. 그런데 그녀의 그런 회피와 외면에 대해 앙심을 품은 것인지, 그때부터 예의 층간소음이 시작이 됐다. 매 주말 아침마다!

그녀가 처음엔 저러다 말겠지 싶어서 그냥 참고 견뎠다. 그러나 402호 밥맛의 행패는 아주 노골적이고도 집요했다. 그녀가 주말에는 주로 집에서 쉬면서 정규직 전환 최종 시험을 준비하는데, 그걸 알기라도 하는 듯이 주말만 되면 어김없이 소음을 냈다. 그녀가 한동안을 견디다 보니 아주 신경쇠약에 걸릴 지경이라, 더는 참지 못해 건물주에게 연락해서 사정을 호소했다.

건물주는 절대로 용납할 수 없는 일이라며 당장에 조치를 취할 테니 아무 걱정 말라고 큰소리를 치고는 4층으로 올라갔다. 그런 기세에는 마음 여린 그녀가 오히려 자신 때문에 큰 소란이라도 벌어지는 게 아닌가 하고 지레 마음을 졸였다. 그런데 위층에서는 큰소리 한 번 나지 않았다. 또 이후 건물주로부터는 어떻게 조치되었다는 피드백도 없었다. 그러나 어쨌든 그 뒤로는 위층으로부터의 소음이 없어졌기에 잘 해결이 되었나 보다 여겼다.

부유층

어느 날 302호 아가씨가 퇴근해서 두웰로 들어가려는 중인데, 402호 밥맛이 만취가 된 형색으로 1층 현관 안쪽 벽에 기대 퍼질러 앉아 있었다. 그 바람에 그녀가 감히 안으로 들어갈 엄두를 내지 못하고 멀찌감치 떨어진 밖에서 보고만 있는데, 마침 편의점에라도 다녀오는 중이었던지 404호가 그녀를 보고는 얼른 손을 잡아끌었다.

404호가 인근 건물의 자판기에서 커피 한 잔을 빼주면서 슬쩍 들려주는 말에 의하면, 지난번에 건물주가 302호 아가씨의 진정을 받고 큰소리를 치며 402호를 찾아가긴 했는데, 막상은 밥맛에게 아주 간곡히 부탁을 하더란다. 제발 문제 좀 일으키지 말아달라고! 그에 밥맛이 피식거리며 외려 건물주를 핍박하는 형세더란다. 누가 그러더냐고! 도대체 어떤 인간이 내가 문제를 일으킨다는 소리를 하더냐고! 그런 402호의 오히려 위압적인 기세에 건물주가 감히 맞서지 못하는 모양새이더니, 나중에는 방을 계약하신 분께 전화를 하겠다고 하더란다.

'아드님이 자꾸 문제를 일으켜서, 월세를 따블 아니라 따따블로 줘도 더는 세를 줄 수가 없겠다!'

라고! 그런 데서는 아마도 밥맛의 부모가 꽤 부유층인 모양이다 싶더란다. 하는 일 없이 빈둥거리며 말썽이나 피우고 다니는 아들을 위해 '따블'의 월세를 쉽게 내주는 걸 보면 말이다. 어쨌거나 건물주의 그 말에는 밥맛이 슬쩍 수그러들어서는, 알았으니 전화는 하지 말라고 하더란다. 그에 건물주가 층간소음 문제에 대해 다시 한번 주의―부탁에 가까웠지만―를 주는데, 밥맛이 이윽고는,

"아, 씨발! 알았다니까, 자꾸 사람 열 뻗치게 그러네?"

하고 욕지거리까지 섞어서 신경질을 부리더란다. 그러자 건물주가 더는 얘기를 하지 못하고 얼른 사라져 버리더란다.

대관절 지가 무엇이라고?

어저께 퇴근길이다. 302호 아가씨가 1층 현관을 들어서는데 벽 뒤쪽에 숨어서 기다리고 있던 402호 밥맛이 불쑥 나타

났다. 그러고는 다짜고짜,

"여자가 행실이 왜 그러냐? 왜 그렇게 헤프냐?"

하고 퍼부었다. 그녀로서는 도무지 영문을 알 수 없는 노릇이다. 그러나 알고 싶지도 않고, 더욱이 말을 섞기조차 끔찍해서 도망치듯이 계단을 뛰어올라 곧장 방으로 들어가서는 문을 걸어 잠갔다. 그리고 뛰는 가슴을 겨우 진정시키고 가만히 생각해 보니, 그녀가 밥맛에게 그런 말을 들을 건더기는 301호 아저씨밖에 없다. 아마도 그녀가 301호 아저씨와 사뭇 친근하게 지내는 걸 보고서, 그런 탈을 잡는 모양이다.

물론 그녀가 생각하기에, 또한 김강한이 생각하기에도 턱없는 오해다. 그리고 설령 오해가 아니라고 하더라도 그렇다. 지가 뭔데? 대관절 지가 무엇이라고, 애먼 처자에 대해 행실이 어쩌느니, 헤프니 하는 따위의 주제넘은 간섭을 한다는 말인가? 그야말로 어이없는 노릇이다.

무서운 게 없는 사람

"그렇다면 더욱이, 내가 한번 만나봐야겠네!"

김강한이 다시금 위층으로 올라가려고 하자, 302호 아가씨가 아예 그의 팔에 매달리듯이 하며 말리고 나선다.

"말이 통하지 않는 사람이고, 무서운 것도 없는 사람이에

요! 그러니까 아저씨도 그냥 모른 체하세요! 괜히 나섰다가 아저씨만 봉변을 당하세요!”

김강한이 설핏 실소가 나온다. 그도 가끔은 말이 통하지 않는 사람인 까닭이다. 특히나 무서운 게 없는 사람이라는 말이야말로, 바로 그를 두고서 하는 말이라고 해야 할 것이다.

그러나 어찌 되었건 302호 아가씨가 저렇게 하얗게 질린 얼굴로 말리는데, 놈보다는 우선 그녀의 마음부터 살펴야 하겠기에 일단은 참기로 한다. 그러고 보니 마침 소음도 그쳐 있다.

능력이 되는 사람에게는 다르다

김강한이 아주 참을 생각이 아닌 것은 물론이다. 다만 조금 다음으로 미루어놓았을 뿐이다. 402호 밥맛에 대해서 말이다.

사실 세상에는 이런 따위의 일이 의외로 많이 벌어진다. 그러나 당하는 사람에게는 기막힐 노릇인 ‘이런 따위의 일’은, 당하는 당사자가 아닌 다른 사람들 즉, 주로는 평범하고 ‘빽’ 없고 힘없는 소시민들에게는, 거의 실감되지 않거나 아예 보이지 않는 경우가 대부분이다.

정글과 마찬가지로 인간 세상에도 약육강식의 생존 논리는 어김없이, 어떻게든 적용이 되고 있다. 그리고 강자보다는 힘없는 약자들의 수가 훨씬 많다. 거의 대다수를 차지한다고 해야 할 정도로! 그럼으로써 약자들 중의 아주 소수가 '이런 따위의 일'을 당한다고 해도 대다수의 다른 약자들에게는 그들과는 전혀 다르고 무관한 세상에서 벌어지는 일쯤으로 치부된다.

혹시 아주 드물게 어떤 힘없는 소시민이, 자신과는 무관한 다른 약자에게 벌어지는 '이런 따위의 일'과 전혀 의도치 않게 정면으로 맞닥뜨리는 경우도 있을 것이다. 그러나 그 일에 간섭하거나 영향을 끼치거나 감당할 능력이 아예 없는 그 소시민으로서는, 괜히 아는 척해서 득이 될 게 조금도 없다는 걸 본능적으로 알고 있다. 그리하여 그 일의 옳고 그름을 따져보기보다는, 지레 놀라고 겁먹어 얼른 외면하고 만다. 또한 본능적으로 외면했던 그 일에 대해서는, 쉽게 망각해 버린다. 그래서 결국 그 일은, 혹은 그런 상황은 처음부터 없었던 것으로 되고 마는 것이다. 적어도 약자들의 세상에서는 거의 그렇다.

그러나 능력이 되는 사람들 즉, 강자들에게는 다르다. 그들에게는 '이런 따위의 일'이 웬만하면 다 보인다. 그들이 굳이 보지 않으려고 해도 그렇다. 왜냐하면 세상이 그들 강자들의 방식으로 돌아가고 있기 때문이다.

김강한 역시도 강자에 속한다. 적어도 지금의 그는 그렇다.

그래서 그에게도 당연히 보인다. 지금 이 원룸 건물에서 벌어지고 있는, 강자 하나가 나머지 약자들에게 부리고 있는 '이런 따위의 일'이! 그가 402호 밥맛에 대해 조금 다음으로 미루어 놓았을 뿐, 아주 참을 생각이 아닌 것에는 그런 까닭도 있는 것이다.

의심할 여지없이 그놈의 것

또다시 맞이하는 주말이다. 그리고 김강한은 또다시 주말의 늦잠을 방해받는다. 역시나 아침의 소란스러움 때문이다. 다만 오늘은 층간소음이 아니다. 누군가의 고함 소리가 이어지고 있는데, 아마도 1층쯤에서 벌어지고 있는 소란으로 여겨진다.

김강한이 추리닝을 걸치고 1층으로 내려가 보니, 추레한 행색의 노인 하나가 벌겋게 달아오른 얼굴로 연신 고함을 지르고 있는데, 단단히 화가 치민 모양새다.

70대쯤으로 보이는 노인은 자그마한 몸집에 구부정한 허리가 몹시도 쇠약하고 피곤에 절어 보인다. 그런 노인의 옆에는 골판지 박스와 폐지가 한가득 실린 수레가 있다. 원룸 건물에서 재활용품 분리배출을 하는 날인데, 그걸 수거해 가는 모양이다. 그런데 노인의 수레 앞에 승용차 한 대가 비스듬하게 대각선으로 대어져 있다. 그 바람에 짐을 잔뜩 실은 노인의 수레가 밖으로 빠져나가지를 못하고 있는 형국이다.

상황을 짐작해 보니, 수레가 재활용품을 모아놓은 안쪽으로 들어갈 때는 빈 수레라 용케 틈새를 빠져 들어간 모양이다. 그런데 골판지 박스며 폐지들을 욕심껏 잔뜩 싣고 보니 수레의 좌우 폭이며 부피가 한참 커져 버려서, 들어왔던 틈으로는 도저히 나갈 수가 없게 된 모양새다. 그렇다고 한참이나 애를 써서 싣고 단단히 묶어놓은 짐을 다시 내릴 수도 없는 노릇이라, 노인이 혼자서 이리저리 애를 태우다가 이윽고는 화가 터져 고함을 지르게 된 것이리라!

승용차는 원룸 주차장의 한쪽 면 즉, 차량 4대가 주차할 수 있는 공간을 독차지하고 있다. 그리고 막무가내식의 무법 주차를 하고 있는 그 고급 외제차는, 의심할 여지없이 그놈의 것이다. 402호 밥맛 말이다.

이게 얼마짜린 줄이나 알아?

402호 밥맛의 차는 시동이 걸린 채다. 앞 유리까지 선팅이 짙게 되어 있어서 내부가 잘 보이지는 않지만, 운전석에는 어렴풋하게 사람의 형체가 보인다. 짐작컨대 술에 만취한 놈이 시동을 켜놓은 채로 곯아떨어진 모양새다. 그때 노인도 뒤늦게 차 안에 사람이 있다는 사실을 알게 된 모양이다.

똑! 똑!

노인이 여전히 화가 치민 기색으로도 운전석 창문을 두드리는 데는 사뭇 조심스럽다. 그의 눈에도 아주 비싼 고급차로 보이는 때문이리라! 그러나 차 안에서는 아무런 반응이 없다.

똑! 똑! 똑!

똑! 똑! 똑!

창문 두드리는 소리가 조금씩 급해진 끝에, 이윽고는,

쿵! 쿵! 쿵!

노인이 주먹으로 창문을 친다. 그때다.

스르륵!

차창이 부드럽게 내려가더니, 잠이 덜 깬 채로 잔뜩 짜증스러운 놈의 얼굴이 나타난다.

"뭐야……? 뭐가 이렇게 시끄러워?"

그런데 상대가 젊은 친구인 데다, 차창 밖으로 확 번져 나오는 술 냄새를 맡은 때문인지 노인의 얼굴에도 곧장 분노가 솟는다.

"보소! 거, 새파랗게 젊은 사람이… 차를 이래 대놓으면 우짜요? 술까지 먹고? 리아카 좀 나가거로 얼른 차 빼소!"

순간 놈의 두 눈이 제대로 떠진다. 그리고 흘깃 노인의 행색을 확인하고 난 놈의 얼굴이 느릿하게 일그러진다.

"이런… 씨발! 뭐? 보소? 새파랗게? 술까지 먹고? 씨발 영감탱이가… 내가 술 먹는 데 니가 뭐 보태준 거라도 있냐? 뭐? 차를 빼……? 근데, 이게 지금… 감히 누구한테 이래라저래라 지랄을 떨고 있어?"

이어서,

벌컥!

차 문을 박차고 내린 놈이, 주춤거리며 물러서는 노인에게 거침없이 발길질을 한다.

퍽~!

"어이~쿠!"

호된 비명과 함께 노인의 왜소한 체구가 그대로 나가떨어진다. 그러고도 놈은 성이 차지 않는 모양이다. 시멘트 바닥에 나동그라진 노인을 내려다보며 고래고래 고함을 질러댄다.

"야, 이 노망난 영감탱이야! 그 더러운 손으로 감히 내 차를 건드려? 너, 이게 얼마짜린 줄이나 알아? 실 스크래치라도 가면 너 같은 인간은 목숨을 팔아도 수리비조차 못 대! 당장에 너 손때 묻은 거 때문에 세차를 해야 하는데, 꼬라지를 보니 세차비나 대겠냐?"

노인이 쓰러진 채로 허리를 부여잡고 있는 중에도 놈의 패악을 참지 못하겠는지 대거리를 한다.

"이 못된 놈아! 너는 에미 애비도 없느냐? 이 천하에 나쁜 놈아!"

순간 놈의 눈에서 흰자위가 희번덕거린다.

"이 늙은 놈이 내가 누군지 알고 함부로 아가리를 놀려? 너 이, 씨발 영감탱이! 오늘 진짜 죽어볼래? 내가 오늘 너 죽여줄까? 이 씨발아!"

그러더니 놈이 쓰러진 노인의 가슴 위로 타고 앉아서는, 노인의 양 뺨을 마구 후려치기 시작한다.

짝~!

짜~악!

그 거친 폭행에 노인이 경악과 충격에 질려서는 제대로 비명조차 질러내지 못한다. 그러나 놈은 폭력을 그칠 기세가 아니다. 오히려 정말로 노인을 죽이고 말겠다는 듯이 더욱 험악해지고 살벌해진다.

신세계

402호 밥맛이 문득 폭행을 멈춘다. 아니다. 놈은 멈춘 게 아니라, 멈춤을 당한 것이다. 누군가 놈의 뒷덜미를 잡고 위로 들어 올렸기 때문이다. 그 누군가가 김강한임은 물론이다.

"어떤 새끼야? 이거 안 놔?"

놈이 와중에도 거친 소리를 뱉어대는데, 다음 순간이다. 놈

의 몸이 홱 허공을 날아서는,

퍽!

하는 호된 소리와 함께 한쪽 옆에 선 기둥 아래로 처박힌다. 그러곤 충격 때문인지, 혹은 당장의 상황 파악이 잘 안 되어서인지, 놈이 고통을 호소하기보다는 잠시 어리둥절한 모양새이더니,

"끙……!"

앓는 소리와 함께 겨우 몸을 일으킨다. 그러더니 놈은 일단 허리며 목을 두어 번씩 돌려보는데, 제 몸뚱이가 성한지를 점검해 보는 시늉이다. 그리고 나서야 김강한에게로 시선을 돌리는 놈의 얼굴에 차라리 어이없다는 실소가 맺힌다.

"너냐? 방금 날 집어 던진 게 너야?"

김강한이 대답 대신 싱긋 웃음기를 보여준다. 그러자 반대로 놈의 얼굴에서는 실소의 웃음기가 싹 사라진다.

"웃어? 너 지금 나보고 웃은 거니?"

김강한이 가볍게 미간을 모았다가는, 다시 끄덕하고 간단히 수긍을 해준다. 놈의 얼굴이 확 일그러진다.

"이런 개새끼가 디질라고……?"

그때다. 뭔가 어른거린다 싶더니 김강한이 놈의 코앞으로 이동해 있다. 그리고,

짝!

차진 소리에 이어,

"악!"

하는 경악과 고통이 혼재된 짧은 비명이 터져 나온다. 한쪽 뺨이 벌겋게 달아오르고 콧구멍에서는 핏기가 비치는 채로, 놈의 두 눈이 휘둥그레져 있다. 마치 지금껏 한 번도 경험해 본 적 없는 신세계를 본 듯한 표정이다.

니가 누군데?

잠시 후에야 정신이 돌아온 듯이 402호 밥맛이 손바닥으로 얼굴을 쓸어내린다. 그리고 손바닥에 진득하니 피가 묻어 나오는 걸 보고는 뒤늦은 격정과 분기를 터뜨린다.

"피……? 너… 너, 이 새끼? 감히… 내가 누군지 알고……?"

김강한이 느긋한 투로 말을 받아준다.

"나야 모르지! 니가 누군데? 어디 한번 알려줘 봐! 참고는 할게!"

놈이 새삼 어이없다는 빛으로 되더니, 문득 차갑게 얼굴을 굳힌다.

"내가 누군지 알려달라고? 흐흐흐! 너 하나쯤 간단히 죽여 버릴 수 있는 사람! 그래서 절대 건드려서는 안 될 사람! 내가 바로 그런 사람이다! 새끼야! 한마디로 넌 오늘 좆 된 거야, 개새끼야!"

순간이다. 김강한의 손바닥이 다시금 호되게 허공을 가른다.

짜~악!

"악!"

놈이 외마디의 비명을 내지르며 휘청 한쪽으로 넘어질 듯이 몸이 쏠렸다가는 겨우 되돌린다. 그러고는 갈라진 목소리로 악을 써댄다.

"너 이 새끼……! 맹세하는데, 내가 너… 반드시 죽여 버린다! 내 손으로 갈기갈기 찢어 죽여 버린다, 이 개새끼야!"

그러나 또다시 김강한의 손바닥이 허공을 가른다.

짝~!

"악!"

짜~악!

"아~악!"

짜~악!

"으~윽!"

짝~!

"윽!"

뺨 치는 소리와 놈의 비명이 묘한 화음으로 뒤섞인다. 그런 중에 놈의 얼굴이 피투성이로 화하고, 이어서는 놈의 고개가 좌우로 흔들릴 때마다 코와 입에서 터진 핏줄기가 물결치듯이 꼬리를 끌며 허공으로 비산한다.

그게 이제 궁금하냐?

"아저씨! 그만하세요! 이러다 큰일 나겠어요!"

누군가 외치며 달려와서는 김강한의 팔을 잡고 매달린다. 302호 아가씨다. 김강한이 그제야 뺨 치기를 멈춘다. 그러자 402호 밥맛이 제풀에,

풀썩!

쓰러지며 바닥으로 널브러진다. 김강한이 사실은 폭력이 주는 악마적 충동에 잠시간 몰입해 있던 중이다. 그리하여 만약에 302호 아가씨가 말리지 않았더라면 놈은 곧장 병원 응급실로 실려 갔어야 할 판이었다. 어쨌거나 302호 아가씨 덕분에 응급실행은 면한 놈이 겨우 바닥에서 상체를 세우고는, 피범벅인 채의 얼굴로 다급한 애원을 토해낸다.

"용서해 주십시오……! 그런데… 저한테 왜 이러시는 겁니까? 도대체 누구신데……?"

김강한이 무심한 투로 반문한다.

"내가 누구냐고? 그게 이제야 궁금하냐?"

놈이 잔뜩 부풀어 오른 입술을 경련하듯이 달싹대 보지만

감히 대답을 꺼내지는 못한다. 그런 놈의 뺨에 다시금 차진 충격이 가해진다.

짝~!

"지금 개기냐? 궁금하냐고 물었잖아, 새끼야?"

"예, 옛! 그렇습니다! 궁금합니다!"

놈에게서 반사적으로 대답이 튀어나온다.

"아까, 니가 그랬지? 나 하나쯤 간단히 죽여 버릴 수 있는 사람이고, 절대 건드려서는 안 될 사람이라고? 니가 그런 사람이라며?"

"아… 아! 그게… 그런 게 아니고……."

놈의 눈빛이 여지없이 흔들리는 중에, 김강한이 표정 없는 얼굴로 말을 잇는다.

"나도 그런 사람이야! 너 하나쯤 이 자리에서 바로 죽여 버릴 수도 있는 사람! 너같이 세상 무서운 줄 모르고 함부로 날뛰는 놈들이 절대 건드려서는 안 될 사람! 알겠냐?"

"예, 옛! 알겠습니다!"

놈의 대답에 바짝 군기가 든다.

"좋아! 이번 한 번은 용서해 준다!"

그리고 김강한이 힐끗 곁의 302호 아가씨를 돌아보며 말을 보탠다.

"이 아가씨 덕분인 줄 알아라! 이 아가씨가 말리지 않았으면, 넌 오늘 진짜로 죽었다는 얘기야! 알아들어?"

놈이 반사적으로 302호 아가씨를 향해서 고개를 숙인다.

"감사합니다!"

302호 아가씨가 화들짝 놀란 시늉으로 얼른 김강한의 등 뒤로 몸을 숨긴다.

그에 대해 잘 알지도 못하는 사람이 해주는 쓸데없는 걱정

402호 밥맛이 축 처진 어깨를 하고 4층으로 올라간 뒤, 김강한도 302호 아가씨와 함께 3층으로 올라간다. 계단을 오르고 3층 복도를 걸어 301호 앞까지 오는 동안, 302호 아가씨는 내내 엄한 기색을 풀지 않는 모양새다. 마치 그를 감시하는 것 같다. 그가 언제 또 돌발적으로 4층으로 뛰어 올라가 다시금 폭력을 행사할지도 모른다고 여기는 것처럼!

"모르는 사람한테 함부로 문 열어주지 말고, 보조 걸쇠는 항상 걸어두세요!"

그가 한 말이 아니다. 그가 해줘야 어울림 직한 말을, 302호 아가씨가 그에게 당부한다. 그걸로도 염려가 부족했던지 302호 아가씨는 그가 순순히 고개를 끄덕이는 것을 확인하고 나서 손수 문을 닫아주기까지 한다.

문이 닫힌 뒤, 그는 잠시 서서 귀를 기울인다. 복도 맞은편

에서 302호의 문이 여닫히는 소리에 이어

딸~칵!

하고 보조 걸쇠가 걸리는 작은 소리가 들린다. 302호 아가씨가 그에게 당부한 그대로를 그녀 스스로도 실천을 하는 것이리라! 그는 그제야 가볍게 실소를 머금는다. 그에 대해 잘 알지도 못하는 사람이 해주는 쓸데없는 걱정에 대해서다.

물론 언짢거나 불쾌하지는 않다. 조금도! 전 세계의 70억도 넘는 인구 중에서, 그를 위해 그런 쓸데없는 걱정이라도 해줄 사람이 몇 명이나 되겠는가?

아마도 다섯 손가락을 채우기도 힘들 것이다. 그런 외로운 처지에 그에 대해 잘 알지도 못하는 사람이, 비록 쓸데없을지라도, 그를 위해 걱정을 해준다는 것은, 그 자체만으로도 얼마나 고맙고 감격스러운 일인가?

간단히 씻은 다음에 책상 앞에 앉은 그는, 가볍게 떠오르는 이런저런 생각들을 그저 스쳐 보낸다. 이를테면,

'놈이 경찰에 신고를 하면 귀찮게 되지 않을까?'

하는 따위다. 그런 경우를 포함해서 좀 성가신 일들이 생길 수도 있을 것이다.

그러나 걱정을 할 것까지는 아니다. 그의 조금, 아니, 상당히 특수한 신분을 가볍게만 이용하더라도, 웬만큼 귀찮고 성가신 일들쯤은 이렇게 저렇게 해결을 할 수 있을 테니 말이다.

뭐, 정히 여의치 않으면, 이 기회에 유치장 생활을 한번 경험해 보는 것도 괜찮으리라! 조태강으로서의 신분은 유치장을 가더라도 전혀 문제가 없는, 정식이자 정상적인 신분이니까 말이다.

『강한 금강불괴되다』 7권에 계속…